厄瓜多尔共和国驻华大使馆

Embajada de la República del Ecuador en la República Popular China

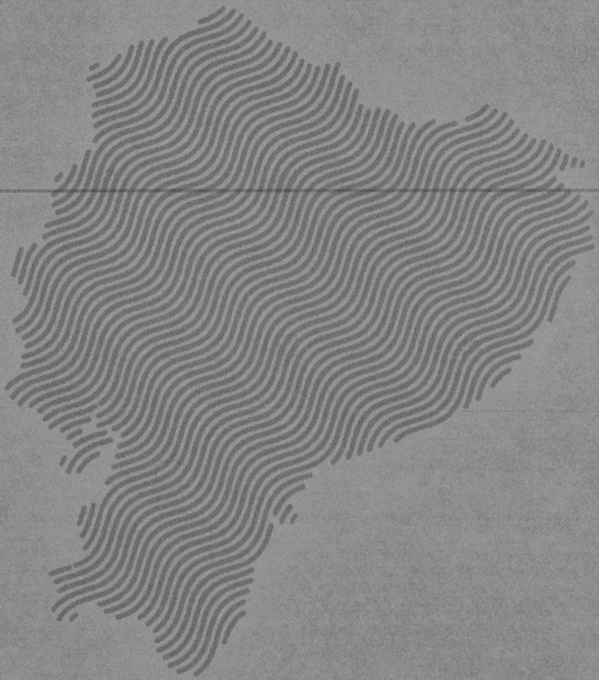

世界中心的情与怨

0°

厄瓜多尔当代短篇小说选

〔厄瓜多尔〕劳尔·佩雷斯·托雷斯等　著

张　珂　译

人民文学出版社
PEOPLE'S LITERATURE PUBLISHING HOUSE

AMOR Y DESAMOR EN LA MITAD DEL MUNDO
Muestra del cuento ecuatoriano contemporáneo
Selección y prefacio:Raúl Vallejo
Editorial Arte y Literatura,2013
Primera edición en chino,Embajada de la República del Ecuador en la República Popular China,2016,impreso por LOOKWE

图书在版编目(CIP)数据

世界中心的情与怨:厄瓜多尔当代短篇小说选/(厄瓜)劳尔·佩雷斯·托雷斯等著;张珂译.—北京:人民文学出版社,2017
ISBN 978-7-02-012921-8

Ⅰ.①世… Ⅱ.①劳… ②张… Ⅲ.①短篇小说—小说集—厄瓜多尔—现代 Ⅳ.①I776.45

中国版本图书馆CIP数据核字(2017)第123307号

责任编辑　张欣宜
装帧设计　崔欣晔
责任印制　徐　冉

出版发行　人民文学出版社
社　　址　北京市朝内大街166号
邮政编码　100705
网　　址　http://www.rw-cn.com

印　　刷　三河市鑫金马印装有限公司
经　　销　全国新华书店等

字　　数　164千字
开　　本　880毫米×1230毫米　1/32
印　　张　8.375　插页3
版　　次　2018年5月北京第1版
印　　次　2018年5月第1次印刷

书　　号　978-7-02-012921-8
定　　价　39.00元

前 言

作为厄瓜多尔共和国驻华大使，能够在此介绍劳尔·巴耶霍选编的《世界中心的情与怨：厄瓜多尔当代短篇小说选》的中译本，我感到非常荣幸。

这部小说集收录了厄瓜多尔不同年代、不同地区知名作家的代表作，通过他们的笔触，中国读者可以领略到厄瓜多尔短篇小说的叙事特点，从而发现那里人民的生活以及他们的情感，跨越了空间的距离和文化的隔阂，同中国人民如此相近。

近年来，厄瓜多尔和中国不断深化互惠合作关系，拉斐尔·科雷亚总统和习近平主席决定建立两国全面战略伙伴关系，成为南南互利合作的最佳典范。这种亲密合作的关系，在莱宁·莫雷诺总统执政时期，必将得到持续发展。毕竟，两国的命运和前途都牢牢掌握在本国人民的手中。

作为两国关系发展的重要组成部分，文化交流和双方价值观的传播不可或缺，而文学在此交流中起着举足轻重的作用。

同时，该短篇小说集的出版也是厄中两国建交三十七周年的纪念活动之一。一年前，厄瓜多尔驻华使馆曾印发此书，但很快告罄。中国读者对该小说集表现出的浓厚兴趣，使得我们愉快地决定在中国正式出版该作品。

在此，我想对本书的作者及编者表示由衷的感谢；对本书的译者，即北京第二外国语学院西欧语学院副院长张珂女士的投入与付出表示钦佩；同时，也想对古巴艺术与文学出版社对本书版权的免费转让表达感激之情。

何塞·博尔哈

北京，2017年7月

目　录

Ⅲ　难以捉摸的心

Ⅳ　身体的狂欢节

序

劳尔·巴耶霍

关于“情”与“怨”的文学表述类型多样，主题各异，几乎涵盖所有人类情感。在此类作品中，涉及肉体的描述令人印象深刻：爱的无私奉献与自私自利，慷慨与吝啬，兴奋与萎靡，完美的性爱与受挫的情欲，以及由此引起的主观情感式的社会评论和后现代式的另类批评。正因为如此，为凸显当代厄瓜多尔涉及此类主题的小说的多样性，我以此为主导将众多短篇小说集结成集，以向读者呈现不同作家笔下多彩的生活与多元化的世界。

厄瓜多尔经历了一系列政治、经济和社会变革后，已登上世界舞台，成为时代变革的主角，由此，其文学，或者从更广泛意义上讲，其多元的文化正逐渐被世界所了解。近年来，由公民革命党组建的政府，联合美洲玻利瓦尔联盟成员国，正在为我们的第二次独立而对抗超级大国，试图摆脱它的操控——这片大陆并未实现一体化，其错综复杂的军事、工业和金融体系实际受制于美国的全球化政策；基于人权优于资本的理念，社会公平意识已深入人心。一言以蔽之，我们不仅正在被世界所了解，也正在被世界所认可，世界认可我们为了各国的共同利益，为了重建我们的祖国而进行的奋斗。因此,厄瓜多尔在世界舞台上发出了全新的、不同的声音。

此短篇小说集以爱情为主题,力求选择不同年龄段作家的作品,并注重展示写作风格和世界观的多样性。我们尽量呈现给读者,尤其是不熟悉厄瓜多尔文学的读者一场美学的盛宴。读者会体验到世纪之交的视角和后现代纷繁复杂的风格。这些短篇小说构成了对现实多元的观察视角、不同的诠释和相异的文学表达。

当代的概念从时间上界定了作品的写作年代:尽管有些短篇小说作家年事已高,但所有的作品均发表于二十世纪七十年代以后,有些出版于新世纪,即最近几年的作品。的确,由于选择的作家年龄跨度较大,因此展示出不同成熟度的文学作品。但无论年轻作家还是资深作家的作品都非常出色,可谓当代厄瓜多尔短篇小说之佳作。因此,阅读该短篇小说集可以对厄瓜多尔当代文学作品有初步了解。

狂欢后的微笑

爱的征服如同一条死胡同,因为爱的双方已预知失败。征服者认为欲望的满足即为征服的终结,但在那一刻,征服者就成为被征服者。文学向我们揭示了爱情背后的陷阱:爱的征服本身就带有甜蜜的挫败感,忧伤也如影随形,当期待已久的那一刻终于到来之时,倦怠感已远远超过快感。最终,身体的狂欢和性爱后的微笑就成为人生旅途中的匆匆过客。

这部短篇小说集的开篇之作《灰飞烟灭》曾于1994年获得法国国际电视台颁发的胡安·鲁尔福文学奖和西班牙穆尔西亚大学颁发的胡利奥·科塔萨尔文学奖。作者劳尔·佩雷斯·托雷斯(1941年生于基多市)在1980年因其短篇小说《夜间,雾中》获得美洲之家文学奖。《灰飞烟灭》为追忆录似的小说,其语言有着抒情散文般的清新流畅。故事冲突在人物的情感发展、民俗文化的重塑中——小说的题目即表达出如博莱罗歌手般的忧伤——铺陈开来。口语化的表达塑造了女主角,凸显出故事的私密性。而叙事者-男主角则追随着女主人公,试图领会她充满矛盾的内心世界,这种爱的追逐注定没有结局。通过文本,我们见证了两个时代的矛盾:根据对二十世纪六十年代的描述,那是一个充满激情的时代,而九十年代则是对生活缺少期待的年代。小说用充满怀旧的语言为我们再现了两个时代的矛盾冲突,即乌托邦与犬儒主义间的矛盾,而在这不同的时代,这相互陌生的时代都生活着不幸的人。

西尔维奥·罗德里格斯的歌曲《即使不是时尚》成为小说的主题,小说讲述了一个因难以逾越的障碍而注定要分离的爱情故事。米格尔·多诺索·帕莱哈(1931年生于瓜亚基尔市)的《正中央的裸露》再次凸显了他作品的一贯主题,记忆中的永恒才是现实中唯一可能存在的永恒;所有的存在,都是我们对事件再加工的产物。故事描述的爱情中,相爱之人不断分离:欢愉之后,便要接受分离的现实,同时注定要接受永远的孤独。故事由一位叙事者讲述自己对所发生之事的思考，充满主观、直白的色彩。相守尚未结束，但已成为记忆，因为相爱双方都清楚爱情获得之时便是爱情埋葬之日。

伊万·艾古艾兹（1944年生于基多市）是短篇小说大师，他的作品结构严谨精巧，他笔下的故事总有令人意外的结局，小说中诸多细节的设计都引导我们揣测故事的结局，但最终的结局又总在意料之外，情理之中。尽管短篇小说的篇幅有限，艾古艾兹在字里行间、情节发展中刻画着人物心理，挖掘着人类复杂的心理活动。《记忆中》的情节描述令人震撼，作者充分利用了短篇小说短而精的特点，不仅结局出人意料，文中折射出的价值观也令人深思。

萨尔瓦特·卡坦·艾尔瓦斯（1991年生于安巴托市）是一位年轻作家，正准备出版自己的处女作。他的《昏暗的灯光下》将忌妒与暴力在非法的情境中充分展现。小说事件叙述的粗俗化与语言的清新简洁形成鲜明对比，故事中，痛苦已被神化，而对爱的渴望与幻想超越了这个世界的冷漠。情节的发展如同电影画面般展示在读者面前，而最终聚焦在突发事件上，开放式的结局为人物今后的命运预留想象空间，而边缘化人物的命运便最终定格在这一刻。

莫代斯托·蓬塞·马尔多纳多（1938年生于基多市）是一位大器晚成的作家，自发表首部作品后，其创作日渐成熟，2008年出版的长篇小说《阁楼之家》进入美洲之家文学奖的最后一轮角逐。《我们很快就能见面了，亲爱的》是其1999年出版的第一部短篇小说集中的一篇，讲述了婚姻中的出轨问题，故事发生在远离家庭生活、充满诱惑力的氛围中，但通过妻子给丈夫的留言，折射出妻子的悔恨之情。爱情与性欲交织在一起，令主人公感到困惑，似乎从第一次眼神的相遇、交流，性爱就不可避免。

弗朗西斯科·普罗阿诺·阿兰帝（1944年生于古安卡市）于2010年凭借长篇小说《地下情协议》获得由美洲之家出版社颁发的何塞·玛丽亚·阿克达斯文学奖，并进入罗穆洛·加列戈斯国际文学奖最后一轮角逐。弗朗西斯科叙事风格缓慢，不仅体现在语言上，也表现在所述事件的推进上。这种舒缓的语言风格多用于长篇小说，但作者却在短篇小说中将其发挥到极致，从而赋予所述事件一种特有的深度。《水中的玻璃》中爱情的背叛促使我们反思这四重奏似的爱情，即两位男士与同一家族中的两位女士间的情感纠葛。叙事者引导我们进入一个无出口的迷宫，我们被困其中直到意外事件发生。故事的结局是自以为是背叛者的人竟然是被人背叛。这篇小说令人回味无穷，欲望如同转瞬即逝的笑容，在诱惑和征服中没有胜利者，只有身体的奉献和灵魂的遗忘。

肌肤的执着

人们执着地寻找自己的爱人，不仅是为找寻心灵的寄托，也是为寻觅同样执着之人。情欲的满足似乎弥补了之前寻觅的焦虑，但这并不意味着拥有对方，更不意味相守一生。爱不能据为己有，爱情转瞬即逝的特征恰恰是执着追寻爱情的理由。于是，爱已不在时，被爱人抛弃之时，爱就化为思念，变成孤独的忧伤和没有葬礼的决斗。肌肤相亲的欲望不可平复，人类就无条件地成为欲望的臣民。

文学作品中的萝莉主义表达已难觅踪迹，这是因为以当代的道德标准衡量，诱奸少女是不可饶恕的罪行，但享乐主义盛行的社会曾恬不知耻地对这种情欲推波助澜。然而，卡洛斯·卡尔里翁（1944年生于洛哈市）却冒险涉雷，他的《爱你之后，一只苹果》为我们奉献了一个处于矛盾之中的中年男子与一位少女间的爱情故事，少女即将步入成年，中年男子时时拿这段爱情观照自己饱受挫败的人生。这篇新近创作的短篇小说并未改变事情的本质：就成年男人而言，对少女的欲望依然如同难以驯服的小马。少女闯入他的世界，她的美貌和构成她年轻世界的诸多因素都令成年男人难以割舍。因此，在这篇小说中，肌肤相亲是不可能放弃的执着。

安第斯山地区印第安社会问题是豪尔赫·达维拉·巴斯克斯（1947年生于古安卡市）叙事作品中的一贯主题。表面上处于边缘化地位的安第斯山族群对世界充满好奇。《一枝玫瑰》描述了安第斯山区的一户人家前往海边度假，在那里与外部世界发生的碰撞。西方传统音乐是构成达维拉·巴斯克斯叙事文学作品中的又一元素，而在该短篇中，西方音乐则构成作品的叙事策略。女高音演唱的柏辽兹抒情曲《玫瑰花魂》中的“玫瑰花魂”为作品增添了奇幻因素，成为该短篇小说的又一叙事特征。该作品通过精准的语言，营造出恰如其分的氛围，堪称作者完美叙事的典范之作。

对童年的美好回忆是埃列赛尔·卡尔德纳斯(1950年生于卡纳尔市)短篇小说的常见主题之一。《月光下的女友》中的主人公,在青少年时代情窦初开,作者细腻的笔触真实再现了这充满矛盾的爱情,主人公在痛苦中品尝到爱情的魔力、最初的绝望以及爱情的短暂。作者用充满回忆的笔触书写着这一爱情故事,由于年轻的主人公尚未形成成熟的世界观,小说刻画的是他最初的生活体验,即主人公在他初次得到爱情的村子里体味到了幻想、分离和背叛。

马塞洛·巴艾斯·迈萨(1969年生于瓜亚基尔市)是出色的电影人,他的三部关于电影发展史的著作成为电影爱好者的必读作品,其中包括令人诧异的并充满激情的对电影的批评与思考。《狗娘般的爱情》就以影院作为叙事空间,电影情节的推进与一段爱情故事平行展开,爱情故事的铺陈采用如电影蒙太奇般的拼接手段,以回忆式的叙事完成,而两位电影观众正是爱情故事的主角。故事以一种难以觉察的方式对电影进行了评论,并在传统的电影批评标准中引入通俗文化元素。而小说充满反叛式的口语,带有实验小说的味道,这赋予作品通俗气息,似乎减轻了因分离而导致的沉重感。

卢克莱西娅·马尔多纳多(1962年生于基多市)的《该死的音乐品味》描述了观念落伍的安第斯山区的社会状况,在那里女性的贞操依然十分重要。作品同时展示出因观念转变而产生的矛盾,即传统的城市价值观向现代化的城市价值观的转变:一方面,音乐是高雅艺术的象征,另一方面,由音乐而产生的情欲在性爱中具象化。作品采用第一人称的叙事方式,口语化的语言充满活力,并带有深深的自我忏悔的味道。最终,贞操的丧失换取了新生活的开始,故事中的人物展示出成熟稳重的品质,这不仅体现在前一晚发生的事情上,更表现在因丰富的人生阅历而促成的最终坦白之中。

在以爱情为主题的叙事中,不乏打破浪漫幻想的故事构建。加布里埃拉·阿莱曼(1968年生于里约热内卢)在《危机》中就打破浪漫格局,叙事者通过多视角的爱的对白,展示出爱情中的性欲,但同时流露出对爱的迟疑与恐惧。在该短篇中,两性相遇不似情色电影或文学作品中那么浪漫:决定尝试一夜情的情人,却因情感上的矛盾而不能肌肤相亲,遭遇情爱的挫败。这一短篇使用了二十世纪先锋派小说中的诸多元素,支离破碎的真实对白将故事中的人物变得如同舞台上的道具一般,使读者体味到其中的诸多矛盾。

克里斯托瓦尔·萨帕塔(1968年生于古安卡市)的《面包与肉体》聚焦性爱中的游戏,这种肉体上的亲昵跨越了时间与记忆。叙事者在反思中重建过去的片段,流畅细腻的语言表达透露出爱的疯狂。小说的语言精雕细琢,情节的推进中留有悬疑,在爱情游戏中,真实再现了青少年异性间的相互吸引和对性快感的探寻。肉体的欢愉是这些青年人长期压抑的性欲的最终释放,而当他们成年后,又体会到懵懂年龄所不能体会的深层情感。故事的叙事完美,结局巧妙,以成年人的冷静思考,折射出在性爱实施的一刻即为幻想破灭的一刻。

难以捉摸的心

不幸的灵魂同时召唤着欲望与死亡。在这种召唤中，欲望战胜恐惧，最终在纯粹的生殖冲动和挑战道德底线中完成性爱。然而，神秘色彩所笼罩的邪恶性欲，给读者带来陌生感，似乎读者正在窥视着那难以捉摸的心。

将折磨人的肉体据为己有的欲望战胜了几个世纪以来对性病的恐惧；在有无生命的情况下，爱都与它的对立面恨交织在一起，难以分辨；平淡的性爱在人生的各种挫败中显得更加平淡。“难以捉摸的心”涵盖的故事揭示出一种邪恶，这种邪恶有时在故事中清晰可见，有时则不言而喻，但饱受遗忘与怨恨折磨之人的行为充分揭示出这种怨恨的存在。

阿布东·乌比迪亚（1944年生于基多市）的《病魔的蔓延》用讽刺的口吻讲述了人类对恐惧、欲望与死亡的情感，从文学上展示出人类面对瘟疫的全新的面孔。文本通过一种难以理解的喋喋不休的内心独白，讲述了一个对职业和生活倍感厌倦之人的故事，让我们见证了面对死亡时欲望的力量。作者的短篇小说多为现实主义作品，但该短篇成功地将现实主义的真实性和虚幻的情境融合在一起。几个世纪以来的恶魔面孔的出现不仅促使我们思考一直存在的邪恶，更让我们思考人类面对死亡威胁时，依然沉醉于欲望的事实。

强迫症般的着魔成为邪恶欲望的象征，人的双腿，尽管暗示着死亡，却在作品梦幻迷离般的想象中象征着不可征服的女人。劳尔·塞拉诺·桑切斯（1962年生于阿莱尼亚斯市）的《天空一角的草鹭》为读者奉献了一篇充满神秘色彩和死亡气息的故事。欲望化为对对方身体某个部位的占有：在本故事中，就是占有对方的双腿，这将读者置于噩梦之中，不知阅读到的情景仅仅发生在叙事空间，还是因某种魔幻的力量读者也置身于噩梦之中。犯罪行为，真实的抑或是想象的，是男主角获得觊觎已久的身体的手段，或者如恋尸狂般地获得女人双腿的手段，这揭示出男主人公的荒唐行为，令读者置身于故事营造出的令人不安的氛围和神秘的气息之中。

2003年，卡洛琳娜·安德拉德（1963年生于瓜亚基尔市）发表了《杂志与变革》，这是一部形式上如同杂志的小说集，有着杂志中的各个不可或缺的部分。在该小说集中，作者建议对充斥着各种媒体的纷杂世界进行批评式阅读。尽管作者本人就是媒体人，仍以讽刺揶揄的语调、文学建构式的尖锐思想剖析了媒体语言。而短篇作品《新小说》是杂志《人物》中的一篇，它印证了上述评论。其简练的语言与质朴的格调不仅体现出作者的文学风格，也尽现爱情关系中的荒唐。尽管主人公知道许多疑惑没有答案，但却一直在询问诸如异性相吸的神秘感来自哪里，人类在日常生活中应有怎样的担当等问题。

城市暴力是人类因贫困而遭受压迫的反映，在一个金字塔形的社会构成中，这种压迫，正如卡夫卡描述的那样，能将人变成昆虫。胡安·卡洛斯·莫亚（1974年生于拉塔库加市）的《火山口》讲述的正是一位饱受屈辱的工程师最终决定向所有人实施报复的故事。一位女性见证了他的愤怒,而这位女性正象征着工程师渴望得到的爱情,但同时又代表着失落的爱情。这个短篇中包含着所谓的"肮脏现实主义"的元素:暴力的突然爆发,缺乏理性的屠杀。小说中同时蕴含梦幻的成分:用来象征失败情欲的姑娘与马匹。最终,不同空间的叙事元素相互融合,现实与梦幻合一,这可促使我们不断阐释故事中的象征性表达。

路易斯·蒙特罗斯·阿莱奇(1979年生于基多市)的《照镜子的女人》在叙事文本中穿插大量诗歌,可将其视为献给拉丁美洲伟大的诗人豪尔赫·恩里克·阿多姆的一首挽歌。小说舒缓的节奏似乎将故事定格在某一空间,也将时间定格在某一历史瞬间:孤独、被抛弃、令人失望乃至绝望的爱情以及对曾经拥有的美好时光的怀念。作者将这个历史瞬间定格在一位焦虑的女性照镜子的画面:由此画面展示出她遭遇爱情失败的种种细节。

索兰芝·罗德里格斯(1976年生于瓜亚基尔市)的《像你这样的姑娘,在这样的地方……》是一篇充满科幻元素,但同时融合了超前文学特征的奇幻小说。小说用讽刺的笔触发出对人类未来命运的哀叹,而这种命运对人类而言是非人道的。作者擅长用奇异元素表达对人类极限的思考。在这篇超前小说中,人类的欲望遭到宇宙中当权物种的鄙视,当权阶级对人类固有的本性加以遏制,面对性的吸引,人类体内产生的化学反应就是被遏制的本性之一。然而,在这可怕的未来世界中,对女性笑声的记忆,象征着尽管人类处于被压迫的境遇,那不可遏制的对爱情的渴望依然存在。

情侣们的日常生活背后隐藏着什么不可示人的东西？男女间亲密的背后有着怎样的秘密？死亡又如何揭示出男女间的怨恨？路易斯·费利佩·阿吉拉尔（1977年生于古安卡市）的《沉寂》揭示出普遍存在、但人们又讳莫如深的怨恨：这种怨恨源于时间和日复一日的平淡生活所导致的对两性关系的失望之情。作者从平常中捕捉神奇，让我们见证一位女性，即故事的女主角在道德上所面临的两难处境，丈夫的生命取决于妻子对他的爱是否依然存在。故事由两条平行的线索展开，结局处线索交织在一起，即男女主人公的见面，而矛盾的最终解决为自由之路扫平了障碍。

豪尔赫·伊斯切多·萨尔瓦多（1980年生于伦敦市）的《林肯纪念堂》讲述了人类的欲望，以及在失败的现实生活中人们如何成就这令人伤感的欲望。小说语言简练，平铺直叙，充满着犬儒主义思想以及淡淡的忧伤，揭示出后现代时期的年轻人信仰丧失的现状。性仅是一种及时行乐思想的表达，性的神秘和美好已不在，人们所追求的仅是性的满足，因此，性爱之后便是遗忘；现在的性爱仅是遥远过去的组成部分，循规蹈矩而平淡无奇的生活终将笼罩一切。作者的巧妙叙事避免了在文本中对价值观进行评判，就如同是叙事者仅负责将应有的情境展示出来，交由读者评判，在此过程中，读者身不由己地卷入其中。可以说，这是一篇结构紧凑、内容构建全面的短篇小说。

身体的狂欢节

“身体的狂欢节”这一部分以陌生的环境、节日的氛围、自由的灵魂和无承诺的性爱为特色。一夜情的狂欢将肌肤相亲转化为纵欲的瞬间,道德的藩篱被狂欢中至高无上的性爱所击穿。

夜店的确是自由自在的地方。在任何时代,妓院都是浪漫场所的代表,诗人与妓女之间的关系也总被津津乐道。但在现代社会,自由的空间已不仅限于上述场所,而是延伸至个人空间,个人空间似乎独立于社会道德评判之外,社会的多元文化,通过强大的媒体,催生并推动集体享乐主义的发展,与此同时,整个社会在保守的教条的影响下,对个人的评判却越来越严苛。

埃德温·乌约阿·阿来亚诺(1947年生于里约潘帕市)是“西克赛”成员,“西克赛”是二十世纪七十年代定居瓜亚基尔市的作家成立的文学团体,主张在文学创作中巧妙引入大众语言,体现新的美学观念。该团体的成员还有诗人费尔南多·涅托·卡德纳和费尔南多·阿迭达,小说家豪尔赫·贝拉斯克·马克坎希等,他们宣称要使用边缘化的元素建构文学语言,在文本对话中,可穿插使用流行或民间音乐。《坟墓之上的狂欢》正体现了上述思想:叙事空间选在瓜亚基尔市的一个边缘化社区,作品营造出波西米亚式的舞台风格,在展示浪漫气息的同时,揭示出因绝望而生产的残酷感。故事中人物的语言正是社会最底层话语的典型代表,通过它们构建出在残酷的环境下底层人民的生存准则,而与之相对照的,则是充斥着中产阶级的城市所展现出的秩序井然。

拉法埃尔·迪亚斯·伊卡萨(1925年生于瓜亚基尔市)擅长刻画城市居民,反映他们在城市中的挣扎以及他们与生活在城市中的其他人的抗争。《美丽的米莱娅》构建出神庙和夜店两个相对立的空间,并把它们作为拯救与原罪的象征地,而米莱娅激情的祷告和狂欢赋予两个空间以天堂和地狱的身份特征。通过关系亲密的两个人物相互展示自己的世界,小说将夜店与神庙的气氛活灵活现地刻画出来。最终,连接两个世界的音乐体现出生命的再现。

邻里居住的社区如同一个大舞台,人们的生活通过儿童的视角展现出来。在小说《克里塞尔塔夫人的蛋糕》中,孤独与怨恨如同一对幽灵不断闪现着,将一切吞噬,并最终粉碎了孩子的天真无邪。在故事中,玛丽亚·费尔南达·安布埃洛(1976年生于瓜亚基尔市)以孩子纯真的视角,令人动容的语气,叙述了家庭暴力、卖淫及死亡的话题:对克里塞尔塔夫人制作的奇特蛋糕的梦想笼罩在圣诞节事件的阴霾中,这一事件的叙事使用了远离孩子的语气。宴席总有散的一刻,节日总有隐藏的另一面,那就是小说中所展示的家庭悲剧:女儿的卖淫和最终离去。小说通过孩子的视角,揭示出因怨而生的生活残酷的一面,“克里塞尔塔夫人”事件之后,孩子挥别童年,走向成熟,开始睁大已不再天真的双眸观察这个世界。

亚娜·阿达蒂·莫拉(1969年生于瓜亚基尔市)的《图拉的房间》是一个与歌舞进行流利与感性对话的故事。这是一个颂扬身体解放的故事,通过使用互文手法,将著名的瓜拉恰歌舞与小说讲述的故事结合起来,彰显出歌舞营造的性感、狂欢气氛以及自由的灵魂对身体产生的巨大诱惑力,同时展示出两种文化性爱般地融合:小说引导我们见证了放下种种羁绊的享乐,而作者清新的叙述又仿佛在召唤我们享受这美好时光。作者同时玩味着两个时代的文化元素,仿佛在告诉我们性欲只是一时兴起,缺乏历史感。

豪尔赫·贝拉斯克·马肯耶(1949年生于瓜亚基尔市)作品的突出特点是利用边缘化的空间,将文学和历史赋予游戏般的意义。作者使用散文般的诗情画意和令人诧异的比喻,如同寓言家般将社会边缘化人物置于叙事中心。《小步舞曲》展示出作者和笔下人物复杂的爱恋关系,巧妙地将笔下的现实与真实的人生经历结合起来。不仅作者笔下的人物就连作者本人也处于边缘化的生存状态;而这两位人物,事实上都是豪尔赫·贝拉斯克虚构的人物。豪尔赫·贝拉斯克通过螺旋式的叙事,将故事中不同层面的现实融合在一起,成就了一个反映边缘化人物的爱情与暴力的故事。

米格尔·安东尼奥·查韦斯(1979年生于瓜亚基尔市)的《亲爱的祖国》中,讽刺和文化批判贯穿其中,以幽默和自由的精神,戏仿的手法,讲述了一个根植于色情行业的故事。故事聚焦那些在西班牙的拉美裔移民,反映了种族歧视、种族与文化隔离,讽刺了传统的价值观,同时影射出人类的悲痛与不幸。叙事者所使用的玩世不恭的语调降低了篇章的沉重感,反衬出人类严峻、不幸的生存条件。《亲爱的祖国》因其有力的叙事、轻松的笔触和尖锐的文化批评，假以时日，必将成为厄瓜多尔新文学的典范之作。

致中国读者

阅读一个民族的文学可以了解这个民族对待现实的态度和其怀揣的梦想；了解他的思考方式和曾经的创造发明；了解他的爱与怨；了解他试图改变世界的理想；了解他将这一切浓缩成文字的方式。

这部对于中国读者还很陌生的文学作品，可以帮助读者了解这个地图上相距甚远的国家的文学，并获得精神层面的沟通与交流。我们试图通过文学，继续深化马蒂思想，创建“我们的美洲”。

2013年7月14日于波哥大

劳尔·巴耶霍（Raúl Vallejo，1959— ），生于曼塔。发表的作品有短篇小说集《音乐会面具》（*Máscara para un concierto*，1986）、《独居者的聚会》（*Fiesta de solitarios*，1992）、《永远的爱之痕迹》（*Huellas de amor eterno*，2000）和《平分的阴部》（*Pubis equinoccial*，2013）；长篇小说《文本的骚扰》（*Acoso textual*，1999）和《嘴唇上的灵魂》（*El alma en los labios*，2003）；诗集《奥里安娜的赞歌》（*Cánticos para Oriana*，2003）、《梅斯蒂索人的编年史》（*Crónica del mestizo*，2007）和《庄严的弥撒》（*Missa solemnis*，2008）；散文集《读与写：独居之人的怪癖》（*Lectura y escritura: manías de solitarios*，2010）。二十多部短篇小说集收录了他的短篇小说，其中包括《鱼中的大洋》（*El océano en un pez*，2011，哈瓦那艺术与文学出版社）、《你肌肤的味道》（*El sabor de tu piel*，2010，马德里反叛出版社）和《当代厄瓜多尔短篇小说》（*Cuento ecuatoriano contemporáneo*，2008，加勒加斯阿维拉山出版社）。他曾荣获以下奖项：1999年奥莱里奥·埃斯皮诺萨·保利特国家文学奖、2000年华金·加列戈斯·拉腊文学奖、2010年第六届大陆情色小说国际文学奖和2013年第十七届何塞·玛丽亚·巴尔拜德国际诗歌奖。1994年曾任美洲之家短篇小说文学奖评委。现为厄瓜多尔驻哥伦比亚大使。

I
狂欢后的微笑

谁，像她们，
赤裸而至高无上，
将男人的头颅与尸首放在脚旁，
狂欢后在微笑，

……

原来，他们在祈求上帝
将皮囊留在森林，
让他们前往灵魂的世界
化身艳丽的鹦鹉。

《亚马逊》
玛丽亚·费尔南达·埃斯皮诺萨

灰飞烟灭

劳尔·佩雷斯·托雷斯

如果你试图挪动
你亲手制造的废墟
你只能看到我曾经的爱
已经灰飞烟灭

黑玫瑰堂纳①

帕蒂达斯,我对天发誓,我认识她时,我不是好人但也绝非放荡之徒,上帝与魔鬼同时牵着我,伴我前行。当然,那时我只有二十岁。你相信吗?她的双眸散发出的薄荷清香,阵阵向我袭来,这是我对她唯一的记忆。啊,这不是唯一的记忆,肯定不是,但却是最深刻的印象。她失神的双眸,饱受时间的冲刷而暗淡无光。

可能我对你的讲述听起来那么不真实,但你要知道它穿越了时间、记忆,在某种意义上,也跨越了文化。

① 黑玫瑰堂纳(1912—1982),墨西哥博莱罗女歌手。

我总在哲学系楼门口窥视她。是的，哲学系，像我这种不学无术的人还能学什么呢？她上完课后，总是一身粉笔末，步履沉重地走出教室。我时常觉得首先迈下台阶的是她空洞的躯体，之后跟着的是压在她躯体上的无尽岁月。那时她总是快速地抚平衬衫，捋捋头发，她的脖颈会随之微微一颤，那段时间，这一不易察觉的细微动作着实让我神魂颠倒。不，你傻呀？我可不是她的学生，怎么可能？你知道她教什么吗？她教授一门不存在的学科：已知天体的演化学。能想象得出吗？好笑吧？如果不是像狗一样发疯地爱上了她，我怕会笑死了。

她只有三个呆头呆脑学生，像僵尸一样，整天跟在她屁股后面转。他们给她点烟，在咖啡厅里围着她，为她拉出椅子，为她读东方的诗歌，像铠甲一样将她裹得严严实实，避免邪风侵袭。无论旁人的（我的）低语，还是酒吧里播放的范吉利斯①奇怪的歌声——他总在执着地唱着“见到你真好”——都不能穿透这层铠甲，就连我思绪的无力爱抚在触碰到她之前也灰飞烟灭了。

是的，她有一个名字，但太俗气，能使人隐约感到她父母的淡然。她叫埃斯特拉。但是，我想跟你讲的不是关于她的名字，而是她在我人生道路上留下的印迹②。没遇到她，我也许会成为伟大的足球运动员、可敬的领袖，至少也能成为给人带来好运的同

---

① 范吉利斯（1943— ），希腊音乐家。

② 在这句话中，“印迹”一词作者使用了“estela”，与老师的名字“Esthela”发音相同。

性恋者。唉，帕蒂达斯，心灵空虚的年轻人总有好色的双眼，那是在一个朋友的画展上，就是马尔塞罗·阿基拉的画展，忙碌的埃斯特拉终于注意到我。的确，正如你常说的那样，傻瓜，慢慢讲，故事我会娓娓道来，好让它在啤酒中慢慢沉淀发酵，而不要像在现实生活中那样昙花一现。马尔塞罗·阿基拉，那个已经下地狱的画家，是他为我们打开了一扇不知通往何处的大门，是的，是的，哦不是，你总是读些通俗作品，毫无分量，你从未读过但丁、贝阿特里斯的书，你的智慧之光已消亡殆尽。

她独自一人在展厅，我是说我只看到她一个人，你明白我想说什么吧？那三个僵尸也在那儿，但她孤独一人，一个人，如同断奶的婴儿，或说如同孤儿一样无助，那里就只有她和那幅画，她和油画上的隧道。帕蒂达斯，我跟你说过吧?我不是好人但绝非放荡之徒。于是，我站到那令人胆颤的孤独身后，在后面，也在它上面，还在它里面，该死！这些词有什么用！语言如同衣服，但不似肌肤。我站到她身后，盯着她的后脑勺，祈祷，求她能感受到我强健的肌肉和执着的态度，我向耶和华、奥杜、帕恰卡马克大地母亲神、耶稣、神父马尔高斯祈求，给我一丝同情，赐我些许力量，使我祈求的思绪触角能无限伸展。奇迹发生了，她转过身，忧郁的眼神突然撞上了我的幸福。

清凉的，柔和的。你好好听，听清楚。我要讲的与啤酒有关，与在那个年代被称为“坚韧”的东西有关。那时，她被我爱的光芒俘获，向我走来，她面色苍白，正如那个博莱罗歌手所唱的那样。如果苍白是一种如同木棉花的颜色，我就说她那时脸色苍白，略带羞涩，她轻吻我的面颊，因不安而羞愧地对我说："梦想体现出现代艺术最强大的征服力。""不，"我迷离在她年老的光芒中，对她说，"现代艺术是噩梦。"

你还想听什么呢？其余的就是其余的了。神奇总在故事的开头，其余的就是结尾。事实上，跟她在一起总像是故事的开头。之后，我开始了解她，了解她口中六十年代的装模作样，了解她曾经经历过而又令她心碎的罗曼蒂克，她的心破碎得如同一块橡皮泥，再也没有勇气面对当今这个多彩而空虚的时代。

此后，我们冲向（我之所以用这个词，是想让你体会到那种速度）瓜普洛①，第一次，就我们俩，就我们俩，我们捡拾起她的脚步，捡拾起她的年龄。那天夜里一片漆黑，有时我觉得那黑暗仿佛是黑人的微笑，痉挛般的黑夜，那黑夜时常因她的话语而闪亮发光。

她的话很多，语速极快。她抨击我生活的时代，没有玫瑰花、没有美妙的体验、没有浪漫的话语、没有乌托邦的理想。"你们是谁？"她充满激情地说，似乎要把我的青春塞进袋子里。"骑墙的、讽刺的、无灵魂的一代人；你们滋养着空虚，你们就是'空虚'的僧侣，这就是你们，你们只活在今天，因为你们的思想到达不了明天。你以为我没琢磨过你？没审视过你灵魂深处可悲的思想？"她强调着灵魂深处，将它推向了更深处，"你们是毫无文化的一代人。（"你读过马赛多尼奥的作品吗？"她问我时，我已瘫软到她的腰间。）你们的生活中充斥着一种黑色幽默，只在意一时的感受、

---

① 瓜普洛，厄瓜多尔首都基多的一个区。

情绪、讽刺，毫无道德感和政治责任感。我们当年对一切都感到好奇，我们经历了一个接一个的惊喜，一个又一个的新发现，一次又一次的探寻。见鬼，请对生活充满期待吧！”

“我们生活在一条散发着恶臭的河边，”我说，“一条言语无力的河流，一条态度萎靡的河流。”我这么说只是为了回应她的话，为了显得强硬些。当然，我更喜欢听她讲话，听她解剖我的知识，任她洞察我的思想。我可以坦诚地告诉你，我毫不介意她的想法。事实上，她也不相信自己说的话，更确切地说，她说话只是在弥补她的罪过感。只要有这闪着磷光的骨感美人在我身旁，我丝毫不在意她的过错。

瓜普洛。我曾在那里了解到关于头骨、读物、酸性物质、绘画等知识，也吸食过为成为真正的男人而准备的大麻，我甚至曾在梦中依稀见过她（我如果对你说我先做梦而后生，你信吗？），她一袭黑衣，或者穿着类似印度风格的服装，凉鞋，戴着珊瑚和金珠子穿成的项链，她的小背包里装满了细碎的水晶、玛瑙石和一本萨特的已做满标记的书，书页已泛黄，弥漫着生活中的苦酒，她高兴地、欢快地，甚至沸腾般地往上走，富有感染力的喜悦，阴茎般的喜悦，是的，一贯如此，阴茎操控着大脑，掌控着世界，扰乱着秩序。的确，在梦里我看到她飘向空中，带着她那三角形的、预言着失败的脸，而现在她跟我谈遥远的时代，那仿佛是她的回音，而不是她本人在讲话，我看到十五年前，她不知疲倦地、急促地上升，飘向远方，心中燃烧着激情的火焰，披头士般的、潘乔士[1]般的热

---

① 潘乔士，二十世纪四十年代的墨西哥三人音乐团体，擅长博莱罗。

情，一刻也不曾想过燃烧后留下的灰烬。而恰恰是在那晚，我们一同重拾过往来温暖她的心。

她背对着我，站在石砌的观景台旁，身后是教堂。像鸟一样，咕咚、咕咚，她一小口一小口地喝着德国啤酒，脑海里翻腾着执着的、挥之不去的saudade[①]。(据说这个词无法翻译，你只要知道它是指你记忆中无法抚平的伤痛就可以了。)我走向汽车，为她播放路易斯·米格尔帮我修复的流行歌曲“你是我痛苦的根源……”的确，帕蒂达斯，她是我的各种焦虑所在，当然不包括与她相伴的焦虑，吸吮她体内岁月的焦虑——这不是焦虑，这是一种如同背着降落伞纵身一跃的感觉。不，我没跳过伞，但在科鲁兹洛马坐过轻型滑翔机，应该是类似的感觉，因为她的身体如同深渊，我在那里慢慢坠落，这魔幻般的、巫术般的深渊将我推向空中，推向那个时代的巅峰，因为她，我愿意亲身经历那个时代。

当她喝到第三听科罗赛啤酒时，她大方地说憋不住尿了。那里曾有一个用作厕所的小房子，但现在已是残垣断壁，那因排泄而带给人畅快淋漓之感的马桶也已不见踪影，她带着失望走向那里。她移动的轨迹对我产生了龙卷风般的魔力，但是当然了，我没跟着她，你别这么不怀好意地想。我在原地等她回来，但她让我过去，我便飞奔到那里。味道还在，更加强烈，更加挥之不去，还有那被她的尿液浸湿的小草。我俯身，小心翼翼地摘下一片沾染了她尿液的小草，它至今还夹在《易经》那本书中，那是她送我

---

① 葡萄牙语，泛指一种忧郁与伤感。

的一本圣书，为了让我知道我是谁，要去往哪里。我现在还时不时地将它取出，闻一闻，那片小叶子至今还保留着她的独特味道，那是一种比茶水咸一点儿的味道。是的，茶叶味儿，哦不，我不知道，帕蒂达斯，我从未尝过可卡因，有点氨的味道？我不想在此过多纠结，我说这些是为了讨好你，而你却一直在探究它背后的东西。当然，你比我鸡贼。

"你太美了！"我呆呆地看着她轮廓分明的、黑黑的、剪影般的背影，那背影混合着丁香味儿映在黑夜中，我不禁说道，"你仿佛来自外太空。""别傻了，"她母亲般地嗔怪道，用她冰冷的手抚摸着我的脸庞，"你傻得很正常。"

看到我的冒昧未引发后果，我大胆地提议一起去我家："我房间里有些老唱片，"我这么说无意冒犯她，我也不知道有没有冒犯，"卢乔·加迪卡和卓别林，玛丽亚·路易莎·蓝迪和蒂娜·特纳，猫王普雷斯利和达涅尔·桑托斯，莱奥·马利尼和纳京高，他们都睡在我的房间里，当然，还有胡利奥，永远的胡利奥。"胡利奥·伊格莱希亚斯？什么伊格莱希亚斯，别傻了，胡利奥·哈拉米约。"走吧。"她说道，她的不矜持隐隐刺痛了我。

帕蒂达斯，我要了更多的啤酒，如果你愿意，我把其余的也倒给你，当然，其余的你知道的……

第一晚我表现得像绿色小精灵一样无能。如果我告诉你，你都不会相信的，还是告诉你吧。第一晚，我为她的美丽而哭泣。当我看到她的裸体，我像韩国人一样失声痛哭，当她一褪下黑色的蕾丝文胸，暴露在灯光下的身体那么令人动容、令人心碎，我的防线轰然倒塌，还有什么可说的呢？我毫无抵抗力地抓住她高耸的乳房，不，不是因为留恋，什么恋母情结，绝不是恋母情结！只是敬畏，对美丽的敬畏。我吻着她的乳房，她的眼睛睁得大大的，我感到我的年龄流入她的眼中，我感到她对我年龄的眷恋之情。总之，那次是失败的，第一次总是不成功的，不，不是借口，是因为两个身体没磨合，不协调，它们如同动物一样彼此感到陌生。

之后，几天之后，剧烈的颤抖和呻吟成了唯一。但是那一晚，不知为什么，我感到我们仿佛在众目睽睽下做爱，也许是由于她的回忆成群地涌入我的房间，操纵着我的舌头、我的双手、我的焦虑，我甚至觉得它们想把我从床上踢下去。

当我们完事儿后，她突然悲从中来，开始哭泣，不停地哭，那受伤的、单调的哭泣声如同利马的毛毛细雨。沉寂如同一汪充满癞蛤蟆的水坑。天亮时，她穿上衣服走了。埃斯特拉，我开始捡拾她遗忘在我体内的智慧，试图让它变得平凡、简单，不那么冲动，但是没用，从那晚起，我像一位孤独症患者似的爱上了她，像温驯的母马一样跟随着她，做任何事都是因为她，为了她。我不希望她做任何家务事，任何琐碎的事，也就是任何凡夫俗子做的事。我从比奇查的圣河中为她取纯净的水，因她的不适为她准备各种茶饮，用我的双唇吻热她的双脚，收集各种笑话以备她无聊之时，为她肌肤的清香而购买珍奇水果，枇杷、蒲桃、小橘子，为她的孤独而聘请杂技艺人，总之，一切为了她，为了她的心不再忍受平庸、愚蠢与邪恶。不在她身旁会令我六神无主，不能与她分享戏剧、小说、歌曲以及电影的片段会让我忧伤、瘫软乃至觉得自己渺小。见鬼！也许我像平庸歌手的表演一样夸张，但是你还能指望我怎样呢？故事过半了，那时到处都是她的身影，就连啤酒的颜色都能让我联想到她的笑声，如蝴蝶忽闪着翅膀般的笑声。没她陪伴时，我备受折磨，如同殉情者一样，你能想象吗？为了能想起或爱上一点儿别的姑娘，我得让自己远离她们。

我几乎总在她身旁醒来，她允许我周一、周三和周五在她家过夜，因为这些天不会带来厄运。但当我在自己房间独自醒来的那些日子里，我渐渐感觉到被老百姓称之为“现实”的东西。我像祈求女神一样地祈求她，求她帮我，让我能够忍受军人的存在，忍受头发掉落，神父的气息，家人的谈话。那些天，我起床后，几乎没有勇气去淋浴，没有勇气在水中梦想她玉液般的胴体。

可恶的家伙，你别笑，没什么好笑的，我那时像同性恋者一样，多愁善感，疯疯癫癫。你想象一下，一天她打电话娇嗔地对我说：“我刚刚想你啦！”我突然像垂头丧气的拖把一样伤心难过起来，因为这表明她有时不这样，不想我，可怕的矫情！为什么我一刻都不能把她从我该死的大脑中清除出去？

那段时间我写诗，是的，写诗，谁没在二十岁的时候将平庸与抱怨整理成柱状体呢。我写诗，每天我用诗歌与鲜花折磨她，她把花拿到嘴边露出些许日本人的表情……说到日本人，我想起那段时间有个德国人，人类学家，长着覆盆子一样的眼睛，在埃斯特拉家租了间房。我第一次见到他时，他俩正在聊天，我的心都快掉到地上了。那该死的长得很帅，像一幅画、一位神灵，像马龙·白兰度在《百战雄狮》中快要死去时的那张脸，你看过那部电影吗?你当然没看过！你只关注平克·弗洛伊德[1]乐队了,小兄弟。我跟你说过,他很帅,他跟埃斯特拉在一起的情景让我难过,确切地说,令我心碎,因为他的脸,如同耶稣年轻时的面庞一样,但更加具有光芒。之后,我醋意大发,频频找碴,但她毫不介意。她用她充满爱意的面庞,温润的唇讨好般地吻过我全身,这年轻的身体每晚都在创新,都在竭力创新,一次她对我说道:“我最喜欢你身体的不循规蹈矩,一种不属于你的非同寻常,如同孩子们的身体一样。”但在期待她的回应中,我总能捕捉到一丝她的不快,一种我不能确定的东西,即便在漫漫的不眠之夜也无法断定,漫漫长夜里,我仿佛是她话语的、态度的、眼神的抄写员,哦,她那迷离在其他情境中的眼神。我从未如此近距离地观察过这样的脸庞,时而迷惑,时而愚蠢,时而忧伤,但是极少欢快。她的脸是双鱼座的,明白吗?

很多时候,她不停地讲述过去来折磨我的激情,我看着她的裸体,她盛开着,如同虞美人般地坐在我的胸膛上,我控制不住我粗俗的双手,我的舌头忍不住吸吮她大腿根部带着咸味儿的蜜汁,因为我需要的不是听她讲,而是吸吮她,品味她。面对我的急不可耐,她会突然停下来,用陌生的、遥远的、冷漠的眼神看着我。怎么了?我带着因探究身体而羞愧的表情问道。她回答说:“没什么,年龄的关系。”然后,又继续跟我讲那可憎的六十年代,讲我也不知道的什么游击队,什么山。“我记得,”她说道,“我记得

---

① 平克·弗洛伊德,成立于伦敦的一支英国摇滚乐队。

那个时代，我们彼此相爱，相互尊重，智慧如同陈年老酒，被一次次分享。”但她以那样一种遥远的、虚幻的方式给我讲述，就像是对旧石器时代的描绘。这种时候，我通常会感到无聊，因为她往往会一跃而起，丝毫不顾及我已被激起的阳刚之气，她开始拾掇她用樟脑球保存在箱子里的记忆，浏览已泛黄的照片，那是她当校花、学生会主席、旗手、讲演比赛冠军、乖乖女时的照片，她十五岁时的照片、二十岁在波尔多贝奥网球场被奥林波·卡尔德纳斯拥抱着的照片，还有《银幕》杂志，什么拉娜·特纳、艾娃·加德纳、洛克·哈德森，你知道吗？帕蒂达斯，哈德森可是同性恋，还有詹姆斯·迪恩、朱丽特·格蕾科，她之后还会背诵塞萨尔·达维拉、巴耶霍和那个雏鸟阿登的诗。我不知道为什么现在我们在喝酒时，我对她的回忆如同寡妇，但是，不至于如此，兄弟，你别这么伤感，像阿根廷人似的，你等会儿，我就来，我去趟洗手间，每当我头脑清醒时，我就想吐。

好吧，我接着跟你闲扯。有一天晚上，我梦到她跟我讲外语，你明白吗？傻瓜，她跟我讲外语，为什么我会梦到她跟我讲外语？我不知道，那没什么，但是，我在梦中苦不堪言、昏昏沉沉，一阵清风把我吹醒，但我依然感到心慌。第二天起床后，我心情郁闷地朝她家走去。我敲着那扇金黄色的旧木门，我曾经不遗余力地把它钉好，免得冷风侵袭。她将门开了一半，脸上带着一丝隐藏着某种阴谋的不安与痛苦（请允许我用“痛苦”这个词，这样我的痛苦能减轻些），但不，根本不是！那就是累了，疲倦的面容，对你，我不能撒谎，对谁，我都不能撒谎。

帕蒂达斯，喝了最后一听啤酒吧，快完了，结尾部分值得喝罐啤酒，没什么，什么都没发生，我是想说，发生的事情没什么大不了的。只是我透过她凌乱的头发，隐约看到那德国人黄色的裸体。你想象一下吧：她神色慌张地看着我，身后，德国人的光芒在床上闪烁。

在长满天竺葵的院子里，我忍不住吐了。从我的内脏中涌出黑色的黏糊糊的东西，就像凝固的血液，我的头脑中闪现出不知从哪部电影或书中看到的场景或读到的语句。鹿一旦迷路，并不抗争，任由自己死去。它的心脏会随即破裂，就这样，心脏便破裂了。

帕蒂达斯，如果不是在街角处碰到瘦子安卡拉塔，他拿着我的足球行李袋来找我，我就会这样。“我到处找你，”他说道，“现在是冠亚军决赛，你妈妈让我来老女人这里找你。”

那一天，我们五比一大胜贝利萨里奥队。

我攻进四个球。

选自《最后的博莱罗之子》，1997

劳尔·佩雷斯·托雷斯(Raúl Pérez Torres, 1941—),生于基多市。发表过长篇小说《不快乐的理论》(*Toería del desencanto*, 1985)和多个短篇小说:《给予》(*Da llevando*, 1970)、《卡片移动手册》(*Manual para mover las fichas*, 1973)、《米卡埃拉和其他故事》(*Micaela y otros cuentos*, 1976)、《新乐谱柜,旧乐谱柜》(*Musiquero joven, musiquero viejo*, 1977 年获得何塞·德拉古安德拉国家文学奖)、《夜间,雾中》(*En la noche y en la niebla*, 1980 年获得哈瓦那美洲之家文学奖)、《一袋蝎子》(*Un saco de alacranes*, 1989)、《灰飞烟灭》(*Sólo cenizas hallarás*, 1995 年获得法国胡安·鲁尔福文学奖,同年获得西班牙胡利奥·科塔萨尔文学奖)、《最后的博莱罗之子》(*Los últimos hijos del bolero*, 1997)和《七个故事》(*Siete historias*, 2001)。诗集《为触碰你的诗》(*Poemas para tocarte*, 1994)。戏剧作品《红衣贵妇》(*La dama de rojo*, 1983)以及散文集《时间,一片羽毛》(*El tiempo, esa pluma*, 2007)。参与编写《厄瓜多尔叙事文学目录》(*Índice de la narrativa ecuatoriana*,1992)。

正中央的裸露

米格尔·多诺索·帕莱哈

昨夜我听到一位女人欢快低沉的叫声
之后刮起一阵风，将一切吹散了。

《酒的恶习》
胡安·艾马尔[①]

他们决定不再做爱。两个人谁都不能做，也许能，但毋庸置疑的是：保留一份可以不断回味的记忆很重要，虽然他们面对面，拉着手，渴望着对方，女人睁着大大的黑眼睛看着他，肉感的唇，远处响起歌声：

我想将你从正中央的裸露下、从孤独中救出。
我想彻底改变，从你水晶般的身体中获得新生。

那时我天天听这首歌，她说道，想着你，在我家的墙壁上触摸

① 胡安·艾马尔（1893—1964），智利作家、画家、艺术评论人。

着你，想象着你家的样子，你的画，你的书，在塔瓦拉的印花绢布上想着你。那晚我们第一次跳舞，爱情不期而至，爱如同暴风雨般地突然到来，不是吗？我觉得是这样，现在依然这么认为，试着爱上一个魔鬼，酒吧的夜晚，瓜普洛的清晨，剧痛与兴奋，都是我们的。

接着说吧，他说道，爱依旧，恰恰因为从那时起我们再没碰过对方，我们如饥似渴地回忆着，我们带着不可触及的欲望，时不时地牵着手，熄灭的欲望再次燃起，你的双眸告诉我你的爱，永远的疯狂，永久的记忆。

“你是矛盾的统一体。”女人插嘴道，邪恶与天真，力量与无助。他再次听到她为他写的那首歌，那是一种表白，是不可探究的秘密，不可揭示的谜底：

我想将你从正中央的裸露下、从孤独中救出。
我想彻底改变，从你水晶般的身体中获得新生。

纸片上闪耀着刚劲有力而清晰的圆体字，那是古特鲁姆之前写的歌词。这是她的名字，她就在正中央裸露着，无助地立在龙卷风的风眼中，那唯一的彩虹，他抽搐着想拒绝以获得新生，就好像不知道这由失败构筑起的躯体是多么脆弱。

“我们都一样。”他说道，他在另外一首不熟悉的歌词中看到了她刚劲的笔画，也许是同一首歌，谁知道是谁唱的呢？也许是西尔维奥·罗德里格斯，他想，却不在意，然后他听到了这样的歌声：

> 我们之间发生了什么，像来自黑暗处的脚步声，之后又远离。
>
> 我们之间发生了什么，昨天我看了你的手相，每条纹路看到我都质疑我。

他抚摸了一下她的脸，然后说道：

“古特鲁姆，你是巫婆。”

“是的，一个来自巴尔帕拉伊索的巫婆爱上了瓜亚基尔的老水手。”她说道，发出一阵笑声。

“你是只风筝。”他继续说，同时吻了她的唇。

“那你妻子呢？”她问道。

“她不太好。”他回答道。之后又问：“那你丈夫呢？”

“还好。”

他们不再说话，互相心领神会，理解了对方难以言明的处境，如同人的手纹追寻着自己的同类，却最终迷失，夜晚到来，却又远离。在黑暗中相互辨识的恐惧，最终化作了解了邪恶的程度以及知晓对方家庭的恐惧。

“为什么不太好？”古特鲁姆问道。

“为什么还好？”男人说道。

“原因都一样。”女人回答。

那时他明白了，规则就是这样，恰恰是他们适时的相逢将他们分开，使他们成为完美的合体，一个不能分解的现实。

“你什么时候走?”他盯着她看,就像在寻找他自己的躯体。

“下周五。”

“去帕尔帕拉伊索吗?”

“不,我们在圣地亚哥待上一阵子。你呢?”

“什么你呢?”

“你也要离开吗?”

“我总是来来回回的,有时停留一段时间,因此没什么好说的。”

他们不再说话。他听到她在唱歌,明白了不可能新生,他要追随那正中央的裸体,他记得在瓜鲁洛时古特鲁姆低沉的叫声,一个女人欢快低沉的叫声,那是他们在卡拉玛山洞里做爱时发出的叫声,她细长的双腿尽量张开,他的肌肤覆盖着她。

他深情地看着她。

“之前我们再见一面吧?”

“当然,”她回答道,“大概在周四。”

“在这里?”

“就在这里。”

“下午五点?”

“嗯,五点整。”

歌声还在继续,环绕着他们。她明白她与正中央的裸体在一起,但什么也挽救不了她。女人欢快低沉的叫声追随着她,追随着他,男人不想再跟她做爱因为任何永恒都只在记忆中,在曾经的画面中,在永恒的静止中。永恒在唯一存活的想象中静止不动,它通过新生来吞噬自己。

基多刮起了风。夏天。女人站了起来，他们一起离开。那条街道叫拉妮娜街。他们在那里吻别。周四见，她说。五点，他提醒道。风再次刮起，吹散了一切。

选自《与遗忘相同》，1986

米格尔·多诺索·帕莱哈(Miguel Donoso Pareja, 1931—　),生于瓜亚基尔市。发表的长篇小说有:《亨瑞·布莱克》(*Henry Black*, 1969)、《日复一日》(*Día tras día*, 1976)、《再不要大海》(*Nunca más el mar*, 1981)、《今天我开始想起》(*Hoy empiezo a acordarme*, 1994)和《莱奥诺尔》(*Leonor*, 2006)。短篇小说集:《科莱克及其他的故事》(*Krelko y otros cuentos*, 1962)、《与遗忘相同》(*Lo mismo que el olvido*, 1986)和《我们的编造是真的》(*Todo lo que inventamos es cierto*, 1990)。诗歌:《无敌者》(*Los invencibles*, 1963)、《流亡者的第一支歌》(*Primera canción del exiliado*, 1966)和《庆祝死亡的挽歌》(*Cantos para celebrar una muerte*, 1977)。散文:《狼时辰》(*La hora del lobo*, 1970)、《厄瓜多尔新现实主义:三十年代后的小说》(*Nuevo realismo ecuatoriano: la novela después del 30*, 1984)、《无意冒犯》(*Sin ánimo de ofender*, 1990)和《厄瓜多尔:身份或人格分裂》(*Ecuador: identidad o esquizofrenia*, 1998)。2012年发表《第三位是战败者:最后的话语与黑暗的光芒》(*La tercera es la vencida: últimas palabras y el oscuro resplandor*),这是一部集批评、想象和回忆于一体的作品,于2006年获得厄瓜多尔最高文学荣誉埃乌赫尼奥·艾斯贝霍国家文学奖。

记忆中

伊万·艾古艾兹

一份记忆，是两者间的预言，是我们的现在。

《远方的家庭》

卡洛斯·富恩特斯

我拉开写字台的抽屉，看到她的照片。我想当一切都显得那么和谐之时，世界就起了变化，现在和未来开始扭曲，既定的命运开始转变。不仅体检报告，而且生活的点滴和一系列的事情、残酷的现实和无情的逻辑都将我引向一个毫无悬念的事实：我的比奥莱塔快要死了。一种奇怪的病，一种无法医治的疾病在短短的时间里将我充满活力的妻子变成面色晦暗、如老人般走道的沉默的幽灵。

很快她就变成了另一个人。但最糟糕的莫过于我是突然意识到这一切的，直到那天早上，我的比奥莱塔跟我说："阿尔贝托，那一刻来临时，女儿们最好有思想准备。"我才发现她的变化。从那时起，我开始注意她，我不是像看日历本上被人撕掉的纸张那样看她，我观察她，如同观察植物叶子，它们的变化缓慢而难以察觉，很难说出一天与另一天的不同，很难注意到枯叶掉落，新芽萌出。我观察她如同观察清晨的到来。但我也开始观察虚无，也就是说，在我没注意她的那些天，恰恰就在那些天，她有了变化，就在我眼皮底下变得更加虚弱，而我却没有注意到。我没有时间注意她，因为我一直忙于成立公司，除了想着如何让公司的业务发展壮大，我不想别的，管理公司占据了我所有的时间，有时是二十四小时。确实是这样。但在我的潜意识里，我知道时间在公司管理中悄悄溜走，也在我追求露西中慢慢流逝。起初，露西是我合伙人的老婆，后来成为我的秘书。直到那个晚上，我们独自前往拉斯托雷斯讨论公司的年终结算。我点了两杯红酒，露西以山里人特有的豪气对侍者说："还是来半瓶吧。"于是年终结算就不仅限于公司的股票和利润了，而是两人间的暧昧关系。

"不能再继续下去了。"露西两手捧着酒杯说道，似乎要把酒杯焐热，她的手很小，不适合在音乐学院八年级学习，不适合在学校打篮球，不适合在办公室宽大的档案柜里取档案。

"为什么不能再继续了？公司财务增长超过预期。"我挑逗性地回答她。

"拜托，阿尔贝托，你很清楚我指的不是公司。一年以来你一直这样反着理解我的话：我跟你谈公事、讨论公司的问题时，你总是冲我笑，给我一个模棱两可的回答，我说公事，你回答私事。还对我说：决定权在你手中。你就希望事情变成现在这样。你总用温柔的眼神上上下下打量我，你看我的眼神明白无误地告诉我，你没挑明一切是因为害怕我的反应，因为你还不了解我，认为我会像其他女人一样，或者你只是害怕自己，害怕失去这初恋般的魔力，害怕失去不断调情的乐趣。你总是用若隐若现的调情扰乱我的心绪，我有时想拒绝，但你时而给火焰添把柴，时而又表现的遥远而陌生。拜托，阿尔贝托，一年以来你在办公室都是这样，那现在请不要改变游戏规则，用官方的回答应对私人问题。

“好吧，我承认，你说了这么多究竟想怎样呢？”

“不能再继续下去了，不可能……”

“好吧，你喝完这杯，我把你送回家。”我带着掌控局面的自信说道。

很快，我们离开了，没再说话。在车里，我们沉默着，车驶过灯火通明的大街，街道两旁的广告标语一闪而过。我们到达离她公寓还有半个街区的地方，在那里她曾第一次拉着我的手，低声对我说：“你像个孩子一样。”车继续沿着街道前行，很快到她家了，那是几个月前我为她租下的。

第二天，我们都后悔没有早点儿结束这一切。也许应该是她来公司的那天早上；也许应该是跟她上床后的第二天，那晚我们在床上一致认为这不是她的屈服，不是我的胜利，而是两个人共同的欢愉；也许应该是在她的照片上写下诗句的第二天：你已跟了我，新的历史开始了。就在这之后的第二天，比奥莱塔对我说：“阿尔贝托，那一刻来临时，女儿们最好有思想准备。”一开始，我以为她在跟我谈离婚，这我从未考虑过，尽管在跟露西度过美妙的夜晚后，这念头曾像奶油似的飘进我的脑海。但当我听到比奥莱塔这么说时，我睁大眼睛，看到她跟女儿们在一起，女儿们跟她当年上学时一样瘦削，但十分漂亮，带着一种心不在焉的清纯。我注意到她现在的眼袋像画上的一样明显，嘴唇涂了像彩色照片上的唇膏以掩饰裂纹，二十年的婚姻后，她原本饱满的、用于接吻和甜言蜜语的嘴唇变得如同伤口，如同通往坟墓的伤口。我看到她的乳房已下垂，再也不是不久前她还引以为傲的如同挂历上的漂亮乳房了。这样，“那一刻”就变成了能进出一切的大门。有一次，我竟点头认可了她的说法，用“比奥莱塔已经知道一切了”的表情对她即将不久于人世表示认同，用我一贯佯装的理性、对待必然发生之事的哲学态度对待这一切。“如果真是这样，”六个月前她曾在餐后这么说，“最好有所准备。”

我这样理性并非因为我爱着露西，而是我自知无法承受伤痛与不幸，正如我也无法承受平静与欢乐一样。我无力面对这一切，藏身于理性的面具后就成为我唯一的防御力。我也不去想我曾经有多么爱她，现在有多么爱她或者有多么不爱她。相反，比奥莱塔从不认真思考死亡，但她在各种场合频频暗示死亡，她细微的动作，日常生活的琐碎事情，都变得如同仪式一般。最细小的动作，最简单的话语，变得如雕塑般重要，如同即将存档的文件，如同人们最后一次做这样的事情，最后一遍说这样的话。比如比奥莱塔改变了某件家具的位置，我就会想到它在那里将进入她的记忆，她将它放在那里，不仅说明这个位置最合适，还说明它将永远待在那里。如果她把秋海棠或天竺葵送给邻居们，我认为她这么做不是想给邻居们留下点儿念想，而是想到她死后，家里没人会想起为这些植物浇水剪枝，她想得对。并非我们没用，或者不怜爱花草，而是这二十年来，这是她每天的工作，每当落日之时，她就开始拾掇那些花草，我和女儿们从未想起过看落日，从未想到那些植物。如果我们到城市周边的某处吃饭，我们不禁会想这也许是比奥莱塔最后一次在这里吃饭了。她也是这么想的，每次都会带走些小东西做纪念品，烟灰缸、餐具、一朵花。她将自己的衣服、书籍等整理成要外出旅行的样子，并嘱咐着，我把这个放在这里，那个放在那里了。比奥莱塔要离开我们了，在我伤感之前，我鼓起勇气回忆了我们在一起的美好时光，这是一件美妙又累人的事情。谁也不会想到自己积攒了这么多的回忆，这么多事情，前因后果交织在一起。说到爱，对爱最持久的记忆都是感官上的，隐藏在感官的某一处。它像一抽屉凌乱的照片，像一口水井一样待在那里，最细小的回忆都会让它闪现。跟比奥莱塔在一起，我经历了些奇怪的事情：我这么长时间一直生活在她身边，然而，当我远离她时，我记不起她的面容，甚至我在她身边闭上眼睛时，脑海中也闪现不出她的模样。出现在我脑海中的是所有女人的缩影，至少是我认识的(取自圣经中本词的原意)女人的缩影。也许是因为“一个即多个/游荡的女人/总是不同的同一个人”。但相反的是，无论我离她多远，我都记得她在不同场合下的嗓音：刚睡醒的，打电话的，在黑暗的电影院中的，淋浴时的，撒娇时的，难过时的，厌烦时的，生病时的，疲倦时的，露天时的，在床上的。对她的身体也是这样：不仅我的手，我整个身体都记得她的躯体。我们恋爱时，我常对她说：“我在你的肌肤间会是怎样的呢。”我这么说就像是预感到当爱一个女人时，就会记得她身上的每一块皮肤,就像是一整个人化身成为手指尖。这样比奥莱塔的每一寸肌肤连同不同部位的不同芬芳慢慢浸入我的脑海。当我像海员一样回忆时,就像在一张照片中看到不同的时代。我觉得当初爱上这么一位瘦弱的姑娘真不可思议,她那时的形象让我联系起那个时代的其他姑娘,我意识到那时所有的姑娘都那么瘦削,穿着几乎到脚面的长裙。我再次想起握住她手的感觉,我因穿着系带鞋子而缺乏自信的感觉。回忆比奥莱塔,如同给记忆赋予生命,我的生命也在一点点复苏。没有完全意识到自己在做什么,我下意识地找到了延长她生命的办法:我开始要求露西具有比奥莱塔的某些特质:举止优雅、处事理智、预测准确、遇事冷静等等。渐渐地,原本属于比奥莱塔的空间——汽车座椅、小径的一角、雨伞下、整理好的床铺等等——都让位给了露西,让位给了一位虽然不那么苗条、健谈的露西,却更加投入、勤劳、细心的露西,也就是一位比奥莱塔化的露西。我跟露西利用上班时间偷情的公寓卧室越来越像家里的卧室。首先是地毯的颜色,之后是窗帘、灯具、磁带、床单上的绣花、床头柜上的书、床边的音响、拖鞋,所有能让我想起比奥莱塔的东西。直到今天早上,比奥莱塔神色慌张地跑进我的办公室——之前她从未来过——对我说:

"阿尔贝托,露西在医院,病情加重,医生跟卡洛斯说只能放弃了。"

这时我猛然惊醒,关上写字台的抽屉,又咬起了手指。

选自《三级跳》,1981

伊万·艾古艾兹(Iván Egüez, 1944—　),生于基多市。发表的作品有短篇小说集:《三级跳》(*El triple salto*, 1981)、《幽灵》(*Ánima pávora*, 1990)、《小故事》(*Historias leves*, 1995)、《天真的故事》(*Cuentos inocentes*, 1996)、《奇妙的故事》(*Cuentos fantásticos*, 1997)、《吉普赛故事》(*Cuentos gitanos*, 1997)和《移动的悲剧》(*Tragedias portátiles*, 2004)。长篇小说:《拉利纳雷斯》(*La Linares*, 1975)、《小鸟,记忆》(*Pájara la memoria*, 1985)、《伟人的权力》(*El poder del gran señor*, 1985)、《献给聋子的奏鸣曲》(*Sonata para sordos*, 1999)、《急促结尾的萨尔萨歌词》(*Letra para salsa con final cortante*, 2005)、《成虫》(*Imago*, 2008)和《墨水中的杂技》(*Malabares en su tinta*, 2011)。诗歌:《弹射器口径》(*Calibre catapulta*, 1969)、《曾经疯狂的公共浴场》(*La arena pública y loquera es lo que era*, 1972)、《善于谋生之人》(*Buscavida rifamuerte*, 1975)、《海之诗》(*Poemar*, 1981)、《健忘者》(*El olvidador*, 1992)和《自由的爱》(*Libre amor*, 1999)。散文:《阅读的游隙》(*Diezvagaciones acerca de la lectura*, 2003)和《阅读,内心的战斗》(*La lectura, esaíntima batalla*, 2006)。作品曾被译为英语、法语、罗马尼亚语、希腊语、德语和意大利语。作者为《驽骍难得》(*Rocinante*)杂志的主编。

昏暗的灯光下

萨尔瓦特·卡坦·艾尔瓦斯

痛苦的叫声在厕所的墙壁间回荡。

他走进厕所时，臭气扑面而来——尿骚气，大麻的味道，腐烂的垃圾味，但是，现在仍然能闻到的是他的血腥味，那腥味不断冲进他的鼻腔。很快，他就满脸是血，血液与唾液混合在一起，他满嘴都是让他作呕的氧化物的味道。他徒劳地想要用手止住血。他原本干净漂亮的条纹衬衣不久就成了沾满黏糊糊红色液体的破抹布，他用鲜血表明他也可以战胜爱情。

一小时前，几个女人走近酒吧吧台，佩德罗就在那里，她们让他请她们跳舞或者喝一杯："爹地，跟我们在一起你会飘飘欲仙的。"她们冲他大喊，试图盖过音响的声音，同时像在展示产品似的抓着自己的乳房。他蔑视地看着她们，吻着她们带着汗水的脖子，手滑进她们的衣裙下，碰到那块湿润嫩滑的地方。他慢慢地喝了口啤酒，感觉到他的手指在两腿间被浸湿，他笑了一下："飘飘欲仙的会是你。"她往后退了一步，试图摆脱那只入侵的手，但又不完全远离它。她们都在等待事态的进一步发展。但是，佩德罗已对这些女人失去兴趣，他不再说话，眼睛盯着门口。很快，女人们也对他失去了耐心，而他对一切感到厌倦。

他去洗手间透口气、醒醒酒。他感到晕乎乎的。离房顶几厘米的地方，那发红的昏暗灯光将一切照得令人作呕，让他沮丧。地面也让人恶心，不是因为旧，而是因为脏。在那个酒吧找不到一块干净的地方，这让他感到不适。他甚至觉得自己也很肮脏，被其他人玷污了，尽管他与这混合着酒精与汗水味道的环境格格不入，但是这里，金钱能买到片刻欢愉，能体现出每位顾客的重要性。他决定在洗手间多待会儿，他估摸着自己来这里的次数，看着自己的脸映在墙壁上的影子打发时间。

“今晚来的这人不是我，”他对自己耳语，“没有乳房可以亲吻，没有出租车可以带你早点儿回家。我今晚想一醉方休。”

一不小心，他的肘部撞到了放在洗手池上的威士忌，听到玻璃杯在地面上摔碎的声音让他感到愤怒而伤心，如同他跟安德莱亚吵架时的感觉一样，他会用力地抓住她的肩膀，显示出他可以占有她，他会冲她大喊大叫，告诉她他是多么爱她以及其他一些事情，重要的是这样可以闻到她的味道。看到他绝望、暴怒，并告诉她如果她继续这样，他会毁掉她一辈子时，她哈哈大笑。“你能把我怎样？”她带着挑衅的口吻问道。他从不回答，因为他的确不知道自己能拿她怎样。“您就是个懦夫，婊子养的。”她用这胜利的宣判结束他们的争吵。

他感觉酒醒了些，就出去了。一群女人已开始在酒吧中央动作机械地舞动起来。昏暗的灯光照着满是灰尘的地面，地面上飘动着人影，透出一种昏暗的紫色，几乎是死人的颜色。几个男人在酒精的作用下，大喊大叫以引起他人的关注，彰显片刻的重要性：“好肥实的屁股，跟哥走吧，美人，哥有钱。”佩德罗在这地方绕了几圈，这里空气太污浊了，对他来说太热了。跳舞和做爱也让他觉得热，但他从不觉得难以忍受，但现在他的想法让他窒息，报复和谋杀的念头远远大于原本身体的不适。最后，他决定坐下，远离跳舞的人和污秽的话语。

“安德莱亚呢？”吧台旁的一位调酒师一边舞弄着西恩富戈斯酒瓶，一边大声问道。

“她一会儿来。”那个男人眼睛盯着刚刚调完的两杯“自由古巴”，头也不抬地回答道，“她说有点儿事要办。”

佩德罗又要了杯酒，然后坐下来，背对着那个男人。酒吧的另一端，一群姑娘摇晃地展示着自己的性器官，如同举行一场仪式，她们有秩序地轮流暴露自己。佩德罗很快就不能忍受了，他起身决定逃离，以免被这狂欢吞噬。但安德莱亚在人群中晃动的身影如同信号，如同电流般地让他再次坐了下来，他遮住自己的脸。“没法离开了，”他想，“现在所有人都会看到我要做的该死的事情。”

他小心翼翼地站起来，以免让那姑娘看到。他背对着门口，像是在专心看人调酒，他沿着吧台的椅子边走，飞速穿过舞池，到达厕所门口。他不再考虑事情的后果，而是想无论结果怎样，他都不会改变计划。应该算准了。在进去之前，他从裤兜里掏出手机，他长时间地看着它，希望有人给他打电话，他觉得应该有个合理的借口阻止他，但什么都没发生。两个紧急的电话都讲了很短时间，与这事无关。他第二次挂上电话时，才意识到他不知道首先会发生什么，但那已不重要了。他从另一边的口袋里掏出一个小塑料袋，里面有几克可卡因。他最后吻了一下他手指夹着的塑料袋，想着安德莱亚。他没朝舞池那边看，但想象着她在身后人群中若隐若现的样子。他的手抓着厕所门把手，之后进去了。

他将白色粉末倒在洗手池上，形成细细的一绺，他慢慢地做着这一切，就像希望被人发现一样。他将脸凑近洗手池，感觉到鼻翼下面的凉气，他呼出的酒气令他窒息。新吸入的氧气如同瞬间发生的爆炸，刺痛着他。他的意识在脑海中燃烧起来。

他倚靠在镜子对面的墙上，被醉鬼打碎的镜子将他照成无数碎片，他东倒西歪，脑袋几乎要爆炸了。绝望中，他将脑袋撞向滴水的龙头，试图减轻身体的疼痛。这时，安德莱亚大腿缠绕着其他男人的样子出现在他眼前，令他痛不欲生。他摔倒在泛黄的地面上，眼睛失神地望着天花板。

一切都是白的，玻璃的反光刺痛他的双眼。他只看到晃动的人影，一群陌生人在他身旁，弯下腰，好奇或担忧地看着他。很冷。他胸口的疼痛在加剧，呼吸越来越困难。一些人在冲他比画着，但他猜不出他们在说什么，一位姑娘喊医院什么的，什么很严重。他不知自己身在何处，当他吸入的空气变少后，尿骚味消失了。“我就要死了！”他想喊，却没喊出声来。事实上，他并不怕死，而是担心他的尸体会怎样。他想象着一具无头尸体，胡乱地被放在金属床上，被惨淡的散发着死亡气息的灯光照着。它面前是一位穿着白大褂的人，像机器人一样拽动着他毫无生气的肉体上的四肢。

呼吸困难使他更加咬紧嘴唇，晕厥的感觉更加强烈，不断向他袭来。他什么都不想了，连体内的疼痛也感觉不到了，也没感觉到那个中年男子扑向他，使劲撬开他的嘴，将一块红布塞进他口中。另一些人将他的双臂放在胸前，仿佛想让他在灵柩上休息片刻，之后再与其他灵柩并排嵌入墙壁内，永远被人遗忘。

救护人员赶到时，他已失去知觉，不再颤抖了。用来抬他的担架所经过的通道变成了战场，警察在清理完现场后，扑向那里的妓女，妓女们四散而逃，免得被警察抓住。有些人大喊大叫，徒劳地试图挣脱手铐："放开我，我只想老老实实地干活。"但一切都是徒劳。随着担架的离开，保安、妓女和那里的小混混被团团围住。佩德罗脸上失去血色的速度与妓女们被推到大街上的速度同样快，她们大都是外国人，估计直接就被遣送回国了。突然有人喊道等一会儿，她认识死者，她冲向他，俯下身体，泪流满面。

"他怎么了？"没人接话，仿佛她在问空气。她双手抓住佩德罗已失去知觉的头，绝望地吻着他："他们把你怎么了？"

"他还没死，女士，"一位救护人员说道，"但他十分虚弱，我们得尽快处理。"

警察一下子把安德莱亚拽住，拖着她向停在旁边的警车走去。一上车，她失声痛哭。她丝毫不担心自己将要面对的一切，而是担心佩德罗。透过警车车窗,她看到他被抬上救护车,车很快发动了。救护车在街道尽头转弯了,车灯映衬在她的眼中。

选自《昏暗的灯光下》,2012

萨尔瓦特·卡坦·艾尔瓦斯(Sharvelt Kattán Hervas, 1991—),生于安巴托市。发表过诗集《妄想》(*Delusiones*, 2012)。被短篇小说集收录的作品有《奖票》(*El premio*, 2008)、《月亮怪胎》(*Los engendros de la luna*, 2010)、《集市中的厄瓜多尔》(*Ecuador de feria*, 2011)和《昏暗的灯光下》(*Bajo las luces oscuras*, 2012)。曾入选回归文化社主办的短篇小说奖候选名单。多部作品在杂志和网络上发表。现为文学与视觉艺术网络杂志《逆污痕》(*Contramancha*)的编委会成员。

我们很快就能见面了，亲爱的

莫代斯托·蓬塞·马尔多纳多

传真593-2-125892，星期一，8:00。亲爱的：飞行时间又长又无聊，但我很高兴能再次来里约。从我下飞机的那一刻起，我就开始想念我们在一起的时光。我非常想念你们。昨天我跟孩子们通话了，但你不在家。今天我一整天都很忙，研讨会开幕，与会人员都到了。很高兴认识您，我叫胡里亚。他们非常友好，待人彬彬有礼。我认识了达米安·西斯特拉，就是写那部小说的秘鲁作家，你还记得吧？我也很高兴认识您。在酒会上我跟他聊了一会儿，他的第二部作品马上要出版了。您太迷人了，胡里亚，真希望早餐时再次见到您。他明天一早可以跟我见面。西斯特拉先生，您的书太棒了。您可以叫我的名字，跟美女在一起我不在意礼节。你不知道我有多么想你！在酒店的专卖店里，我买到了你让我买的香水。我爱你，吻你，你的妻子，胡里亚。

星期二，18:30。亲爱的：你还好吧？我做了几个噩梦，所以才一大早给你打电话，你别担心，我刚睡醒时，有点迷糊。我们通话后，我好多了。想你。多么希望你在我身边。今天我过得特别愉快，我们全体与会人员一起用早餐。希望您不介意，胡里亚，我预定了两人的桌子。您的眼睛太迷人了，让我难以入眠。您太客气了，达米安，跟我谈谈您的书吧。当然可以，桌子是靠窗的，谢谢。多么漂亮的科帕卡瓦纳海滩啊！我跟西斯特拉坐在一起，他跟我谈了他的新书。我今天太忙了，都没时间吃午饭。我刚到，要洗个热水澡，之后我再看看周五要宣读的论文，我有点紧张，今晚有个晚宴，我要穿上你喜欢的那件白色晚礼服。别担心！我会披上披肩的。喂，胡里亚？是我。我是达米安，你还好吧？我们可以一起去吗？我租了辆车。当然，非常感谢。十分钟后见。好的。前台给我打电话呢，亲爱的，我得下去了，明天我再跟你联系，爱你，吻你，J。胡里亚，你太漂亮了！你肩膀露着，不会冷吧？不会的，晚上挺暖和的，我觉得温度很适宜。

星期三，9:00。嗨，昨天的晚宴太棒了，环境一流。我昨天睡得有点儿晚，孩子们感冒还没好吗？别忘了给女儿吃药。我今天会给他们买些东西。喂?对不起，达米安，我刚才在写传真呢。不，我很好，你怎么样？是的，事实上，我有点儿担心。当然我觉得很好。当然，我希望没人注意到我们晚饭后是一起离开的。是的，演出精彩极了，尤其是那位女歌手。不，达米安，不必再提那件事了，可能那就是一时的情绪。我觉得很好，一晚上都能跟你跳舞。是的，我记得。我们应该把那当成晚安吻。我看了看给孩子们要买的衣服还有些要给你买的东西，你会喜欢的。注意身体，想着我，永远爱你的胡里亚。注:原谅我字迹潦草，我得下去了，再见，爱你的J。

星期四，14:00。我真高兴，收到你的传真了，谢谢你送来的花，真是惊喜！中午时他们送来的。我也爱你。原谅我没给你打电话，我忙得一点儿空都没有，我试着跟你联系过，但好像线路有问题，真遗憾！今晚我们通话，爱你的J。

星期四，19:00。亲爱的，跟你通话后，我觉得安心多了，但似乎还少点儿什么，我从不想离开你，谢谢你对我的支持和理解。也许这次我真应该跟你一起来这儿，有你在这儿该多好。亲爱的，我们很快就能见面了。谁啊？等会儿。是的，女士，有人送您的花儿。谢谢，放桌子上吧，跟那些花儿放在一起，请把门带上。我觉得我们应该一起出去旅游，那该多美妙啊。就在今天早上……喂？对，是我。花儿太漂亮了，卡片也很漂亮。"为最美丽的女人"。谢谢，达米安。当然，我想见你。是的，今晚吗？一起吃晚饭？太好了，我们九点见。就在今天早上，我们——请原谅我的涂改——我去了博物馆。他们已把你喜欢的复制品送到酒店了，你想想，我又去了巴克达[①]！再见亲爱的，胡里亚。

星期五，20:00。我明天不可能回去了。这里的大学邀请我做几个讲座，我必须得去，我的论文宣读十分成功，我之后详细跟你讲。真难过，跟孩子们解释一下，好吗？我周一从圣保罗飞，晚上在利马住一夜，周二乘701航班回去。深爱你，吻你，J。达米安，是你吗？我准备好了，在同一地方吃饭？好极了！我们五分钟后见。

星期六。亲爱的：我需要给你写点儿什么，但我不用传真发

---

① 位于巴西里约热内卢瓜纳巴拉湾的一座岛。

给你。我把这封信带给你。比预定日期晚回家让我很难过，我伤心又觉得有过错。我在房间里要了早餐。我感到无助、孤独。我从未像现在这样爱你，这些天对我来说太漫长了。我想让你在我身边，陪伴我。我多想拥你入眠！有时距离让许多事物看起来有所不同……喂？是的，我在听。不好意思，但我不想下去吃早饭了。我们十二点见。请你理解，昨天的事情之后，我需要静一静。是的，我爱你，我非常喜欢你。达米安，这对我没什么，但我不会对你这么做，你明白吗？我为我丈夫感到难过，我们不应该去汽车旅馆。我宁可在你的房间，总之，事情还是很美好的。当然，当然，我们今天下午按原计划出去。你已经预订了？我知道海边很漂亮。是的，达米安，我们想做多少次，就做多少次，请你冷静点儿。我们都不会忘记这一切，但是我有我的责任。周一我们一起回去，周二我回到基多，你得接受这个。距离让许多事情看起来有所不同……

选自《你的陶土》，1999

莫代斯托·蓬塞·马尔多纳多(Modesto Ponce Maldonado, 1938—),生于基多市。《你的陶土》(*También tus arcillas*, 1999)是作者的第一部短篇小说集,他的第一部长篇小说《魔鬼宫殿》(*El Palacio del Diablo*)获得2005年华金·加列戈斯·拉腊文学奖。2008年,《阁楼之家》(*La casa del desván*)进入美洲环球出版社最佳年度小说的最后一轮角逐。全民阅读运动出版社于2012年出版了短篇小说集《无面孔的人们》(*Los hombres sin rostro*),里面收录了作者新创作的短篇小说。

水中的玻璃

弗朗西斯科·普罗阿诺·阿兰帝

就在这一刻，就在我试图拖着疲惫的身体上坡时，我才恍然大悟。在身后，在满地的草丛中，留下我斑斑点点的血污。现在悔之晚矣。我首先想告诉大家的是，长期以来，我跟一位亲戚卡门·艾莱娜·阿隆索保持着不应当的爱恋关系。

对于我想要告诉大家（如果各位都在这里的话）的最终结局，这段爱情是如何开始的并不重要也不会引起人的兴趣。但是我认为还是应当提及些关键节点。

比如那一晚，我和卡门都惊讶地发现我们并非彼此漠不关心，我们都准备向前迈出那不应该的一步，还说了些不应当说的话。

那是在一次庆祝派对上：我一直不喜欢香槟，现在我知道，卡门·艾莱娜也不喜欢。但是有人托着托盘过来了，把香槟递到我们手上。我记得很清楚那个杯子的模样：细细的高脚杯，里面装着冒着泡泡的纯净液体。我还记得，卡门·艾莱娜举着香槟，站在我面前，一袭黑色礼服露出她那圆润细腻的肩部，从颈部到胸部上端一览无遗，那是线条优美的部位，令人联想到乳房。后来有人讲话，干杯等等，我丝毫不记得在庆祝什么，也没必要提起。

卡门·艾莱娜喝了一小口香槟，然后笑着看我，提议我们换一下杯子。我立即同意了，那只是个小游戏，我没理由拒绝。(谁都不会拒绝的，你们说呢?)我一口喝光了杯中的香槟，自己都不敢相信，我居然喜欢。我笑着对卡门·艾莱娜说：

“这是我第一次喜欢喝香槟，也许是因为你的嘴唇曾在上面停留。”

“我也喜欢。”她看着杯底，自言自语道，那个原来是我手中的杯子。

之后，她的一切都让我浮想联翩：她的唇，她的面庞、头发、胸部、露肩的礼服、手中的杯子、嘴唇上香槟的味道。在那里我就想亲吻她，但那太荒唐太冒险了。在不远处的宾客之中，我看到了伊莎贝尔，我的妻子，她正看着我。我不知道我从她的眼中看到的是什么：阴谋、不安、愤怒？我说不清。

我跟卡门·艾莱娜有了这第一次的默契，接下来应该发生的事情也如约而至。请允许我更正一下措辞：不应该发生的事情无法阻拦地发生了。它以不应该的方式发生了：脱缰似的、无法抑制的、炽热的，也许恰恰因为对两个人以及对所有人而言，这都是不应该的。

我应当在括号中跟大家说明，那晚，我的朋友费尔南多·杜阿尔德曾拜托我为他和我的表妹——卡门·艾莱娜做媒，他对她十分感兴趣。我用“做媒”这个词是为了避免说出像塞莱斯蒂娜①似

① 塞莱斯蒂娜是西班牙经典小说《塞莱斯蒂娜》中的主人公，是从事拉皮条的女人。

的拉皮条之类的词。我现在不肯定是否完成了这个任务，如果当时真做了，我也不记得了。诸位一定会跟我想的一样，事情都这样了，这些细枝末节，至少在当时没什么大不了的。

更重要的是要指出我跟卡门·艾莱娜最初的关系，那炽热强烈的爱很快将我们带入一个死胡同，更确切地说，将我们带入一个做出任何决定都意味着痛苦和凄惨的境地。

我强调这一点是因为有些事情让我们的爱蒙上阴影，它渗透爱之中，毒害它，折磨它，虐待它，使它变得不合法。那就是一个简单的事实，或者说现实：那是众所周知的事情，我是已婚人士，我跟伊莎贝尔已经结婚了。还有一件更令人恼火的事情，就是我妻子和卡门·艾莱娜已是多年的朋友。

我能想到我们所冒的风险，同时知道在一天下午，在奥迷咖啡厅，我们开启了一段艰难的、不寻常的旅途。我不知道为什么这个咖啡厅叫这么个名字，但那里总是人很多，里面光线昏暗，有着迷宫般的布局、包间和可多角度反射影像的许多镜子。我和卡门·艾莱娜就在那里，侍者刚给我端上第二杯白兰地。突然，如同显灵般，我惊讶地看到玻璃杯上映射出伊莎贝尔的面孔、侧影，毫无疑问，那就是伊莎贝尔。从我们所在的地方根本不可能看到她，但是我想，现在依然这么认为，一面镜子将她反射到另一面镜子，以此类推，直到神秘地、宿命般地将她投射到玻璃杯上，这仿佛是个预兆，是个警告，如同神灵常常让人们看到的某些征兆似的。

伊莎贝尔在玻璃杯凹面中的影像看起来那么遥远，仿佛是在梦中看到的那样：有距离感、模糊不清，周围是混沌的，线条是扭曲的，或者没有线条。然而，这一切会印在我们的记忆中，不仅会印在我们的梦中，还会在不眠之夜纠缠我们。就这样，通过一个不确定的角度折射，伊莎贝尔的影像出现了，无情地横亘在我们中间。我们一动不动地呆坐了难以计数的时间，现在说这些已没用了，直到她的影像消失。卡门·艾莱娜起身，冒险出去一探究竟。

“她走了。”她说，“我们可以离开了。”

“再等等，”我说道，“她可能还没走远。”

“不，”卡门·艾莱娜答道，“她走了，上了辆出租车。如果我没看错，她是跟她姐姐玛丽亚·德罗莎里奥一起走的。”

从那时起，我们进入了一个艰难的时期，我们的激情依旧，但它时时被现实困扰。

有一点不易觉察，它可以使人从高尚变得下流。我跟卡门·艾莱娜就是如此，从情人变成同谋者。我们的目标是：尽可能悄无声息地摆脱伊莎贝尔。

我们探讨了几种方案，这时大家尚未记住名字的、我的朋友费尔南多·杜阿尔德再次登场了。从我多年前认识他起，爱上我家族中的女人似乎成为他的宿命，与他的职业——车辆工程师赋予他的任务相比，这仿佛更是他的任务。我知道，费尔南多一直爱着伊莎贝尔，但最近，也许因为没希望了，他将目光转向卡门·艾莱娜。我承认我跟卡门纠缠是一种不可饶恕的背叛，是从背后捅了他一刀。

这将是无休止的背叛，一个接一个的背叛最终将我们推向不可挽回的境地。当我们开始相爱时，我就感到卡门·艾莱娜用沉思、痛苦的眼神看待这一切。痛苦而又专注：我那么用力地抓住她，就仿佛她不存在一样，就好像她在我的手中随时会灰飞烟灭。我们的手，我们的唇滑过对方的身体，但却感觉不到愉悦，那仅是一种并非源自爱的执着。这一点我得到了证实，当我们达到高潮时，卡门·艾莱娜会绝望地哭起来，她预感到我们的快感、高潮仅是我们需要完全拥有对方的反应，而这正是我们永远的禁区。

我已经说过了，有时在高尚——几乎所有恋人都认为自己的爱情很神圣——和下流卑鄙之间没有过渡，甚至在你没察觉的情况下，你会直接从一个层面转向另一个。我再次强调这一点，因为我们急切需要那看似不可能的完全拥有对方，我们渴望每时每刻与对方相拥，这促使我们很快想出一个计划，带有同情心的计划。我已将费尔南多对伊莎贝尔的暗恋和盘托出，如果我能让费尔南多成功勾引到我妻子，那么事情就会出现重大转机，我们就绝对自由了，没有任何的过错与责任。

我将计划付诸实施。一天晚上，我和伊莎贝尔邀请费尔南多出去玩儿。我们将他带到一个时尚餐厅，之后又去了酒吧，我装作喝多了的样子。最后我完全醉了，费尔南多开车送我们回家。我用醉汉特有的无理与专横，坚持让他到家里来再跟我喝一杯。到家后，我就说要去睡觉了，但对他说请他喝完那杯酒，并央求伊莎贝尔陪着他。他们愉快并满怀些许期待地答应了。伊莎贝尔那晚非常漂亮，这勾起我的些许欲望。我进了卧室，和衣而卧，闭上眼睛，一动不动。伊莎贝尔紧跟着我进来了，估计是来责备我的，但看到我睡了，就转回客厅。我小心地起身，打算不错过任何可能的细节。我听到他们在低声交谈，但听不清谈些什么，音乐声像他们的同谋一样插在中间。

我想象着费尔南多将杯子放在桌上，靠近伊莎贝尔，我想象着他应该跟伊莎贝尔说的话：他一直深爱着她。我又想象着，她，受到恭维后，微笑着，同时感到惊讶、好奇。酒、时间加上对我的怀疑——我记得她曾在派对那晚向我和卡门·艾莱娜投来质疑的目光——应该对她起了作用。他拉起她的手，吻它，她微微抗拒，但他坚持着，最后，在不断的讨好和爱抚下，他将她拉向自己，而她顺从了。她允许他搂着她，他们开始一次又一次地接吻，品尝到偷食禁果的乐趣，由于我的谋划，他们开始在沙发上互相试探，互相了解对方。费尔南多抚摸着她瘦弱的背部，她的胯部，又将手在她的膝盖上摸索，她那光滑、诱人的膝部，之后开始了那居心叵测地前往大腿的旅程，那是让人堕落又令人着迷的旅行。

我想费尔南多就在地毯上，或沙发上占有了她。而她有更大胆的想法，因为她认为我已深深地进入了梦乡。

她被急不可耐的欲望控制着，我继续在黑暗中，我自己的黑暗中想象着其他片段：很快，我听到她小心翼翼的脚步声在走廊上响起，走向客房，我的直觉告诉我他们抱在一起，或许他将她搂在怀中。我听到轻微的开门声，伊莎贝尔将门半掩着，以便能听到门外可能的动静。从我卧室的门缝中我隐约看到他们进入至今没人用过的客房，也许我还能隐约看到费尔南多将她的衣服脱光，爱在燃烧：爱抚、亲吻、拥抱。我在远处满怀希望并充满欲望地猜想着赤裸的伊莎贝尔在皮肤黝黑的男人身上来回翻动。我睁大眼睛，仔细聆听：呻吟、喘息、低语、高潮、残喘、低落、间歇的呻吟和死后的安静。

我想象着这一切，这时我听到客厅的音乐声停了。从他们的对话中，我准确并失望地得知真正发生的事情：费尔南多将杯子放在桌上，起身告辞，伊莎贝尔也站了起来。两人向门口走去，伊莎贝尔为我的行为表示歉意，费尔南多做出没关系的手势，他们以正式的贴面吻告别。伊莎贝尔锁上门。我一直听着她的每一个动作，或者说想象着，由希望到失望。我听到她穿过走廊，我只能转过身，面对着墙，假装已酣然入梦。我对那一晚其他的记忆就是遇难的场景：我和伊莎贝尔，随波逐流，每个人抱着枕头，如同遇难船只上最后的木头，我们漂向阴暗的地平线，没有方向，没有及时出现的英雄施救。

卡门·艾莱娜嘲笑我的失败，突然她不笑了，陷入令人不安、忧郁的沉默中。这意想不到的沉默是一种征兆，但那时我没意识到。

一天下午，在奥迷咖啡厅，一串可怕的话语落地了：

“我们需要整天待在一起，就我们两个，怎么才能摆脱伊莎贝尔呢？”

我从她的话语中感到了隐藏着的东西：恨。

“摆脱伊莎贝尔，”我梦游般地重复着，问道，“不伤害她？”

“可以伤害她。”她面不改色冷冷地答道。

接下来的几个星期一直纠缠在对这个问题的思考中，我们读了相关书籍、刑侦报告和占卜书。我们的激情尚未熄灭：比以往任何时候都坚信我们的爱是神圣的、独一无二的，在它面前，痛苦、罪行、死亡都是微不足道的小事。

微不足道、毫无意义的小事。正当我们要迈入阴谋与犯罪的泥潭时，命运领先我们一步。我们没有其他选择，但也不敢面对它、实施它。然而，这种想法、这种虚幻却渐渐成型：之前可能仅是模糊的概念，后来却成为明确、可怕的计划，或者说它有完整的理论和翔实的步骤，确定了地点、武器以及必要的防范措施，以便不留痕迹，不引起怀疑。半夜时分，当我必须离开卡门·艾莱娜而回家时，对她的难以割舍加速了我的设想：是的，我们必须这么做。面对未来，如果要实现我们的愿望，伊莎贝尔是必须要牺牲掉的图腾。

今天下午，当我拖着血淋林的身体爬坡时，我身上的骨头想必都断了，我清醒地回想这一切。从一开始，从我们交换酒杯时起，就不断出现我们无法破解的种种迹象。此时此刻，它变得清晰、确凿：在我与卡门·艾莱娜·阿隆索的交往中，许多细节简直就是众所周知的、凯尔特人古老传说的翻版，不是一模一样的，但极其相似。我一下子清醒地意识到这一点，但为时已晚。

我记得十三世纪贝罗尔写的那杂乱的版本，还伤感地想到阿莱杭德罗·卡索那[1]《传说之花》中的那篇后现代风格的散文。根

---

[1] 阿莱杭德罗·卡索那（1903—1965），西班牙剧作家，“二七代”成员之一。

据这些版本，康沃尔国王马克的侄子兼护卫崔斯坦被派去寻找并带回国王决定迎娶的姑娘：她长着一头金发，有只燕子曾将姑娘的一缕金发带到宫廷中。崔斯坦知道这姑娘就是伊索德，那位曾经为他治疗毒伤的少女：他曾在一次战斗中杀死强劲的对手，但不幸被敌人的毒矛刺中。广袤世界中，无人能与她的美貌匹敌，无人拥有她那样的金发。为不辱使命，英勇的崔斯坦来到爱尔兰，并为那里的国王，伊索德的父亲建功立业，在他的英勇事迹中，值得一提的是他杀死一条频频骚扰王国的恶龙，国王曾许诺将女儿嫁给能杀死这怪兽的英雄。崔斯坦赢得了机会，并替马克国王求婚，国王应允了，于是崔斯坦、伊索德及其侍女布莱根乘船返回康沃尔。但旅途中意外发生了，并带来意想不到的后果：崔斯坦和伊索德喝下了王后为女婿和女儿永远恩爱而准备的催情水。不该发生的事情发生了，崔斯坦和伊索德疯狂地爱上了对方，希望永不分离，他们的爱是高尚的，同时也是贪婪的，正如我们前面提到的，高尚与卑鄙仅一步之遥。

就在新婚之夜，伊索德说服侍女布莱根冒充自己与国王同床共枕，而她跑去与崔斯坦约会，共度良宵。第二天早上，因担心事情败露，伊索德命令其他侍从杀死布莱根。所幸的是，侍从们未能完成命令，可怜的布莱根勉强逃脱了。

故事讲到这里，其中的细节与我们——卡门·艾莱娜、我、伊莎贝尔和费尔南多——之间的纠葛极其相似，令我茫然。

诸位一定记得导致崔斯坦与伊索德爱得死去活来的催情水，正如一首西班牙语的诗歌暗示的那样：

堂崔斯坦

被毒箭所伤

当卡门·艾莱娜与我交换香槟酒时，在我们之间产生了不同于友谊与亲情的情感，那是一种欲望，一种只能在床上释放的情欲，它是秘密的、是背叛伊莎贝尔与所有人的情欲。诸位没发现传说与我们之间故事的相似性吗？

之后的相似与费尔南多有关，如果我没记错，他曾在那晚请我将他介绍给卡门·艾莱娜，而我辜负了他的托付，将卡门·艾莱娜据为己有，如同崔斯坦，国王的特使，将国王的心爱之人据为己有一样。

还有第三点值得一提：在他们的新婚之夜，伊索德要求侍女布莱德与国王共枕，而她却与情人、那多次被提及的绅士堂崔斯坦偷欢。为了能毫无责任地摆脱伊莎贝尔，难道卡门与我未曾试图让我们的朋友费尔南多勾引她吗？这样我们就能自由地爱：我们那非法的爱，我们那贪婪的激情。

毫无疑问，你们也许会问："这两者有什么关系？传说发生在遥远的过去，发生在陌生的土地上，发生在国王、骑士、王后与侍女之间。"难道你们没想过，在爱情上，我们或多或少都是国王与王后？当我们有幸发现另外的躯体，另一个燃起我们激情的人，我们就不再是国王与王后了。但当我们在秘密的地方最终合二为一时，或者有时三位一体、有时是双头人、有时是多位一体时，我们又变成了国王与王后，拥有着古老的智慧。

但更令我震惊的是还有一点极为相似。请允许我再次讲述贝罗尔、卡索那和其他人的版本：有人告诉国王崔斯坦与伊索德将在城堡附近的树林里秘密约会，就在伊索德要与情人偷欢时，发现水中映射出国王的面孔，他们遂假装闲聊，崔斯坦伤心地抱怨国王对他失去信任。国王被骗过了，坚信伊索德与崔斯坦是无辜的。贝罗尔接着讲述，或者说是伊索德对她的侍女说的话（我在这里引用由伊莎贝尔·德里克尔翻译的西罗拉出版社的版本，她是直译的，对现在的读者而言缺乏文采。）：

> 亲爱的布莱根，我不想对你隐瞒，我很伤心，不断在想这些：今天有人要背叛我们，当马克国王在大理石台阶旁边的树上窥视我们时，我发现了水中的倒影。上帝想让我坦白，但我跟你保证，我对去那里的目的只字未提，我只是痛苦地叹息与倾诉，责备崔斯坦约我去那儿，而崔斯坦央求我向国王讲明，国王因误解我们的关系而十分生他的气。我对他说他的要求是无理的，我再不会跟他见面也不会跟国王提起他，我不知道还跟他说了些什么，叹息了什么。国王没有起疑心，没有发觉我的情感。我成功摆脱了困境。

你们说，关于崔斯坦和伊索德的这段描述不是跟我们在奥迷咖啡厅的经历类似吗？当时我们看到伊莎贝尔的影子映射在白兰地的酒杯中，这两段经历意外地契合。

今天下午，当我们去往惯常幽会、位于郊外山上观景地的阿里西奥斯旅馆时，我们情不自禁地伤心起来。除掉伊莎贝尔的构想日臻完美，但新的困难出现了，我们想到多种可能性，提出不同的设想。这似乎成了一种消遣，一种永不满足的欲望，一种乌托邦，我们都知道，当乌托邦的理想要付诸实施时，通常就变成了灾难。我们渐渐觉得那一刻即将来临：那关键的时刻，那将话语变成现实的一刻，那再无回头路的一刻。想到这个就令我们伤心痛苦，该怎么办呢？我们现在不是、将来也不会是专业的。

但有一件事令我们紧张起来，促使我们实施除掉伊莎贝尔的计划。我曾交代过阿里西奥斯旅馆的主人，当卡门与我在这里幽会时，如果有人问起，请他否认。今天，当我们离开时，旅馆主人把我叫到一旁，对我说有一男一女在旅馆打听过我，之后，他看到他们在停车场转来转去。他描述的她与伊莎贝尔吻合，而他……这就是更让人担心的，与费尔南多·杜阿尔德类似。

想到这个问题，想到旅馆主人的讲述，想到事情脱离轨道越来越糟，我就异常紧张，我不禁猛然踩下油门。在转弯处，我想减速，一脚将刹车踩到底。车没有减速，却突然加速了，一切都失灵了，我们两个人解脱了，踏上了死亡之路。当时我看到一辆卡车停在转弯处，我想避开它，却只看到头顶的天空，之后就感到下降，长时间、无休止地坠落。我感到自己的生命如同在一个气泡中，不断摄取生命、将你带离现实的气泡中。在气泡中，你可能受到保护，但它随时会破裂，碎成上千片。但气泡一直在高速旋转，下降或上升，极快地，我们只能疯狂地叫喊，等待那个已警示过我们的死神的到来，那警示如同中世纪崔斯坦和伊索德故事中类似的警告。最后，一片黑暗，疼痛。我感到自己已不在那里，那不是我，那遥远的轻飘飘的感觉，仿佛是无能的见证者。变形的金属，玻璃碎片，我从车里出去了。远处斜坡上一扇车门旁，躺着已经摔碎了的卡门·艾莱娜，她一动不动，浑身是血。我知道她已经死了，但我必须寻求帮助。我拖着自己，步履沉重，意识到我的生命所剩无几：这变形的躯体挪动着，不顾这一切，不顾这死前的喘息，不顾疼痛与冰冷。

那么，还有最后一处相似性。大家可以读一下关于崔斯坦与伊索德的另一个版本，是英国人托马斯写于1170年的。（崔斯坦和另外的女人——白手伊索德结婚了，但他不幸中毒，于是向原来的情人伊索德求助，众所周知她医术高明。如果靠岸的船只悬挂白帆，则表明伊索德在船上；如相反，则升起黑色船帆。）我再次引用伊莎贝尔·德里克尔翻译的版本：

> 当崔斯坦浑身疼痛瘫软之时，不停地叹息，渴望见到伊索德。他激动地哭泣，他的生命即将被病痛耗尽。就在他痛不欲生之际，他的妻子白手伊索德走来，她想出一个诡计，于是对他说：
>
> “我亲爱的，卡尔丁马上到了（他是崔斯坦派去向伊索德救助之人）。我已看到了他的船在破浪前行。我认得，那肯

定是他的船。一定是上帝带来这个消息以抚慰你的心。”

听到这个消息，崔斯坦十分激动，于是问他的妻子：

“亲爱的，你确定是他的船吗？告诉我船帆是什么样的。”

伊索德说：

“我确定船帆是黑色的，没有风，因此船帆升得很高。”

崔斯坦痛不欲生，他转身面对墙壁，说道：

“求上帝宽恕我和伊索德。你不想再见到我，我为你的爱而死。亲爱的，我即将死去，为你而死。你不怜悯我的病痛，但我的死会令你痛苦。亲爱的，如我的死会令你痛苦，对我就是极大的安慰。”

他高喊三声：

“伊索德，我的爱！”

在即将喊第四声时，他死了。

他的侍从、同伴，所有人都在哭泣，他们大声哭泣叹息。他的侍从和仆人赶来将他抬下床，放在丝绸床垫上，又用条纹丝绸布盖上尸体。大海上刮起大风，浪拍打着船，将它推向海岸。伊索德下了船，听到大街上的哭声和教堂的钟声。她问发生了什么，为何敲钟，为谁哭泣。

一位老人答道：

“尊贵的夫人，愿上帝保佑，我们现在痛不欲生。勇敢而高贵的崔斯坦死了。他是这个王国的功臣，他乐善好施，对穷人十分慷慨。他受伤而死，尸体现在还停放在他的床榻上，这是我们国家前所未有的灾难。”

伊索德听到这个消息后，悲痛得一句话也说不出。崔斯坦的死令她痛不欲生，她衣冠不整地在街上奔跑，众目睽睽下跑进王宫。布列塔尼人从未见过如此美丽的女子，都在打听她是谁，从哪里来。伊索德冲到尸体旁，面朝东方，动情地为崔斯坦祈祷：

“崔斯坦，我的朋友，你已离去，我没有理由偷生。你因对我的爱而死，我未及时赶到，我会因情而亡。”

说完，她躺在他身旁，拥抱着他，死了。

此时，我明白了，完全明白了发生的一切。白手伊索德充满暗示(故事是这样说的，他的妻子想出一个诡计)的谎言杀死了崔斯坦和金发伊索德，将故事推向高潮。一阵眩晕，所有的细节在我的脑海中闪过：

当我与卡门·艾莱娜交换酒杯时，伊莎贝尔从远处看着我们；伊莎贝尔在奥迷咖啡厅的未知之处，被反射到装满白兰地的酒杯上；伊莎贝尔和费尔南多在客厅低声交谈，而我徒劳地期待着命运顺从我的计划；伊莎贝尔和我长久地躺在床上，背对着背，已回不到从前；在阿里西奥斯旅馆打听我们的神秘男女；刹车，是的，刹车，现在我想到费尔南多是行家，这是他的专业，是在他没爱上我家族的女人之前就从事的行当。

我又向前挪动了几步，尽管我知道这一切都是徒劳。血，止不住地从我口中喷出。也许我应该像崔斯坦一样，问问升起的是否是黑色的船帆,但伊莎贝尔是不会回答我的。现在这一切纯属推测,只有黑暗,失败,一切都化为乌有。

选自《虚伪国度的故事》,2003

弗朗西斯科·普罗阿诺·阿兰帝(Francisco Proaño Arandi, 1944—),生于古安卡市,童年在基多老城中心的一座老宅子度过,这为其多部作品提供了素材。六十年代时为先锋派运动,如"桑希克斯"组织的成员。发表的作品有长篇小说《镜子里的老面孔》(*Antiguas caras en el espejo*, 1984)、《事情的另一面》(*Del otro lado de las cosas*, 1993)、《理智与预言》(*La razón y el presagio*, 2003)、《判决的滋味》(*El sabor de la condena*, 2009)和《地下情协议》(*Tratado del amor clandestino*, 2009)。其中,《地下情协议》2009年进入罗穆洛·加列戈斯国际文学奖最后一轮,并于2010年获得美洲之家出版社何塞·玛丽亚·阿克达斯文学奖。发表的短篇小说有《魔法对立面》(*Oposición a la magia*, 1986)、《伪善》(*La doblez*, 1986)和《虚伪国度的故事》(*Historias del país fingido*, 2003)。

Ⅱ
肌肤的执着

一片苟瓜地，枝叶繁茂，细长的黄花。
阳光炙烤着它，夜晚的露珠滋润着它、挽救着它。

情人有相似的愉悦，
爱抚激起温润的幻觉。

《对照》
胡利奥·帕索斯

爱你之后，一只苹果

卡洛斯·卡尔里翁

他看了看表：晚上七点一刻。然后低头读报。还好，他长舒一口气，又恼火地说道。黑姑娘不会来了，但他还在继续等她。他将左腿跷到椅子的扶手上，翻了一页报纸。他看到一个大大的标题“妇女要求拥有平等的宗教权利”，一张照片，那都是些瘦弱的老女人，她们与文章中激进的思想那么不和谐。现在他面前是漫画部分，奥拉弗[1]一贯的慢节奏，有时一张漫画也会引他发笑。他翻到星座版，带着好奇和不信任寻找他的星座：水瓶座。感情方面一帆风顺，应克服一切困难做一次重要的旅行。

去，他毫无恶意又略带勇气地说。

就在他对那可怜的姑娘感到最厌倦的时候，星象却说他的情感一帆风顺。

之后他读到的更是火上浇油了，他看了金牛座，即黑姑娘的星运，现在她财运昌盛，会得到一位远房亲戚的帮助。

哈，哈，哈，他大笑起来。

---

① 美国漫画《可怕的维京人》中的主人公。

笑声在空荡荡的房间里回响，显得那么遥远。他突然不笑了，骂了一声，因为他禁不住要想安娜，那黑姑娘。

黑姑娘在五月份刚满十六岁，她的年轻貌美，她那甜蜜、活力四射而又难以扑灭的欲望是她仅有的品质。她的欲望如同一盏指明灯，引导她每两天来这里一次，为此她用低级的谎言骗过家人。其他就没什么了，他清楚地知道在他们的身体经过美妙、疲劳的配合后，他就被掏空了，只剩下疲倦、美丽的瞬间、常规的只言片语、吃掉的苹果，他斜靠在床头，异常愤恨，他坚信他宁可孤独一生，也不愿在这个如此激起他情欲的女人身上无谓地浪费生命。

因此，他不禁对她和这一切产生怨恨、厌倦。她每次总那么准时，晚上七点到，带着如鲜花般柔嫩的脸庞，以及脸庞后要被征服的承诺。他再次陷入这种恶性循环般的怪圈。

他厌烦地将星运和填字游戏跳过，使劲往后翻了两页报纸，那里满是分类广告和司法公告，他直接转到新闻事件版，大标题"'阿尔法罗还活着'①游击队遭受重创"映入眼帘，副标题是"警方披露两名头目落网"。

狗屎，不怀好意的东西，他说道。

看报道前，他仔细看了看游击队头目落网的两张照片，他试图宽慰自己：看起来像醉鬼。他读道：警方昨天宣布已抓获劳拉·

① 二十世纪八九十年代活跃的厄瓜多尔恐怖组织，1991年宣布投降。阿尔法罗（1842—1912）曾是厄瓜多尔总统。

梅赛德斯·比利亚·卡利耶和南希·索莱达·阿尔米霍斯·卡斯特罗,“阿尔法罗还活着”游击队的女头目。

他再次不耐烦地想到了时间:七点二十五分了。他撇了撇嘴,做出告别的表情,又针对安娜,说了一句显示男人尊严的话。但是,对安娜,他不能像对待其他那些不爱他的女人那样,这种不幸一直刺痛着他,仿佛是童年的遗憾。他因为那些女人度过了痛苦的岁月,孤独的岁月。

这该死的心如同狗屎。

这时,他听到黑姑娘那熟悉而急促的敲门声,比以往都急促。

黑姑娘,他低声说道,头转向门那边;但他仍在报纸上耽搁了一阵子,什么也没读进去,他要装聋作哑,应该生气,这是对她格外不守时的愚蠢报复。

敲门声更重了。最后,他放下报纸,站起来,系了系厚厚的浴袍带子,走出书房,这么厚的浴袍既不适合这暖暖的房屋,也使他为自己喷的香水感到惋惜。

他打开门,感到的是黑夜钻进房屋,而非焦急的黑姑娘,她难过而默不作声地倚靠在门旁。

一会儿后,她才小心翼翼地问道:我能进去吗?

八点是七点吗?男人倚在门框处责备地说道,但侧身让她进来了。

姑娘进门后,站在门厅灯光下。

别生气,亲爱的。他不知道她费了多大劲儿才骗过妈妈,这次是她编的最好的谎言。

她说话时抬起头，男人看到她脸上洋溢着鲜活的、急不可耐的爱，他意识到自己并非史前怪兽。他抚摸着她容光焕发的脸，静静地吻着她。黑姑娘立即回应：她钻进他怀中，喃喃低语你真香，她蜷缩在昂贵的香水气息中和他怀中，一动不动。他也无言地回应她，那夸张和玩闹的动作弄疼了她。就在黑姑娘抗议之时，他听到一声狗叫，狗因受到挤压而发出的叫声。

又带狗来了。他说道，他放开她，看到那一团圆乎乎的东西，它在抗议他搂她太紧。

是为了让它陪着我嘛。

安娜用右手从红色毛衣的领口处掏出那白色的绒球，它很漂亮，不是吗？它叫雪球。

小狗如同一团棉花，脖子上系着红色的带子。男人说是的，很漂亮，他将它抱过来，也被在他手中微微颤抖的可爱的雪球而吸引。它像你，他最后低声说道。

是的，我就是你的小母狗，女孩欢快地说，又变成一贯的疯丫头，仿佛是这房子和男人的主人。

她朝客厅走去，客厅与书房相邻，里面的沙发和扶手椅都蒙着白布，仿佛幽灵一般，她突然转身，面对着他。她双手环在肩部，干净利落地将毛衣脱掉。

男人还没来得及向前迈步，他还站在身后刚关上的门那里，怀抱着小狗，好奇的小狗。他看到黑姑娘皮肤下的肋骨上下起伏，文胸裹着的小小乳房和裙边处露出的肚脐。一切如同一道美丽的闪电，因为黑姑娘立即用脱下的衣服盖住他的脸，他什么也看不见了，也不想看见。他待在那里不动，完全属于她和她的嬉戏，他猜想着安娜现在脱去的并搭在他头上的衣服，他如同一只衣架待在那里。

他感到女人的裸体向他靠近，浴袍的带子被解开了，她圆圆的膝盖跪在他面前，她孩子般顽皮的手在爱抚，她的嘴在探寻，那难以忍受的甜蜜。

什么也看不到，他伸出右手，摸到她的头，揉搓着她的头发，保持着身体的平衡。他，以及他的过去、现在和未来，在炽热的炭火上和女人的口中燃烧，他就这样待着，感觉不仅失去了平衡，而且离开了地面，升到空中。安娜知道如何动作，她跪着，完美地得到男人欲望下的银色液体。

她抬起头，期待看到男人愉悦的面孔，那让她痴迷，但看见的却是男人的头被衣服盖着，左手抱着雪球，她不禁大笑。

哈，哈，哈。

男人微微一颤。

她双手扶着他，避免他因突然返回地面而摔倒，她顺势站了起来。她将他头上的衣服扔掉，将他的浴袍脱下。她给了他深深的一吻，他仿佛从目眩中回过神来，睁开双眼。

他辨认出安娜、家中的物品和华灯初上的夜晚，你让我升空，又任我而去，你真该死，他咬着牙说。

看到你头上蒙着一堆破布，我觉得好笑。但我已报答你了，亲爱的，她又笑起来。之后，她帮他拿掉手中的小狗，就好像他还看不见似的，她抓住他那翘起的东西，那因被含在她口中而甜美的阳物，带他在家中走动，穿过铺着瓷砖的走廊，走廊两侧是房间，他们向卧室走去。

男人微笑着，任由她摆布。

现在，你是我的小狗，她说道。

是吗？他突然学了一声狗叫，吓得她一激灵，松开了他。她手中的小狗也吓得叫起来，女孩只好带着受惊吓的小狗满屋乱跑。

男人尝到报复的快感，惊叹自己狗叫声的功效，毫无疑问，这是人类的专长，如果有人为此付出代价，就更好了，赤身裸体地追逐一位裸体姑娘和一只无用的小狗就是最好的回报。

汪，汪，汪。

安娜尖叫着跑进卧室，想把门关上，但男人已经来到门口，用他和他牲口般的力量挡在那里，而安娜的尖叫声已经让她耗尽体力，再加上雪球不停地叫着，她只好放弃关门的想法，飞奔到床上，和小狗一起钻到毯子下面。男人在门口停了一会儿，好给她足够的时间，当然，他依然不停地学着狗叫。

汪，汪，汪。

一会儿后，也许出于同情，也许是嬉戏，他改变了策略。

姑娘，我们和好吧，我不会咬你的。他说道。

你发誓，姑娘喘着气说道。

我发誓。

他说着上了床，钻到毯子下面，用温柔甜美的话语安抚着她，那甜言蜜语便留在了毯子下面。雪球也平静下来，不再叫了。就这样，两个相拥的身体长时间地在一起，在柔软的床上翻滚、呜咽、细语。

突然，小狗又害怕了，再次叫起来。

它喘不过气来了，安娜不安地说道。她、他和小狗钻出毯子。可她依然觉得热，觉得窒息，那是因为你胖，男人说道，她报复似的说，笨蛋，笨蛋。他帮她把毯子踢到了床边。

你能把狗放到一边吗？他对她说。

没等她回答，他就夺过她手里的小狗，把它放在床头上，它像一个装饰品，看着那姑娘。

天哪，别这样。她说道，它会乱叫的。她想应该把它放到地上。

让它看着学学，他坏笑着说。

傻瓜。

安娜俯下身，双手和膝盖支撑着，仿佛可爱又无辜的小动物。她往前爬了半步，用右手抱起雪球，她向左边一转，爬到床边，弯下身。她长时间地停留在这诱人的姿态上，仿佛在查看雪球是否存在危险，又像在寻找她诱人肉体上更加诱人之处，在这男人的眼中，她的美丽是那么无与伦比。

男人再也不能无动于衷地待着，他左手支起身来，右手摸着她的屁股。她在手的爱抚下颤抖了一下，但她马上意识到自己的肉体就是为他而生，是他的目标。

他将她微微扶起，避免她靠近床边，但依然让她保持着那完美的姿势，保持着那可怕的诱惑和美丽的罪过。

女人娇嗔着，但看得出她喜欢这种折磨与罪过。而男人则相反，他一声不吭，笨拙、盲目、静静地抽动着。他跪着，在美丽的黑姑娘身后，双手抓着她突出的胯部。

这时，雪球从床下钻出来，它大叫着保护依然在呻吟的姑娘，姑娘的叫声仿佛给小狗一个狂吠的理由，或者她不能不叫，是的，她从来都不能。

该死的狗，男人说道，但并不放弃他的占有，他的急迫和他的快乐。

安娜叫声更大了，雪球显然将保护主人当成严肃的事情，不仅不停地叫，还跳上床，向男人的腿肚子和脚踝咬去。他的骂声丝毫不起作用，他想到了学狗叫。

汪，汪，汪。

狗吓得跳下床。

一会儿后，男人也翻身下床，向浴室走去，浴室在卧室外面，走廊另一头的左侧，那里与门形成一个直角。他带着已裂成两半的身躯走向浴室，仿佛变成了另一个人。

淋浴后，他没用毛巾擦干，身上滴着水走进厨房。他打开冰箱，里面有各种瓶子、四盒罐头和两只苹果。他拿出一只苹果，咬了一口，停下来看滴在红色方砖上的水渍。

爱你之后，一只苹果。他自言自语道。他知道，苹果对他而言不仅是食物，还是黑姑娘安娜的替代品。她带给他完美的快感后，对他而言，就不存在了。为了能忍受她离开前的这段时间，忍受她的空中楼阁以及她在单身男人的卧室里与小动物的嬉戏，也为了忍受浪费生命与欲望的不幸。

他痛苦而怯懦地明白这一切，因为他没有勇气直面这残酷的事实，他每每逃避，就会将家里所有的灯打开，他往身上喷上大量的香水，穿上厚厚的浴袍，默默地恨着黑姑娘。但他依然会等待她。

问题是他知道黑姑娘，或说安娜爱着他。他知道，因为他，她变得说谎、守时、容光焕发。他还知道，她的家人恨她。他更知道他不是史前怪兽。因此，一段时间以来，他如同呵护珍宝般地呵护着她，幻想着安娜最终将他抛弃，他不介意，任何一位十六岁的姑娘都不会将心长久地放在他身上。他幻想着她，带着不能压抑的欲望与经过人类考验的孤独，以比他实际年龄更老的方式对待他。然而，他还幻想着黑姑娘，或说安娜，永不离开，永远知道在这个古老、可怕又可爱的城市中，住着一位疯狂爱着她的男人，而这是一个用语言、耐心与性欲构筑的谎言。

该死，他突然气恼地说道。我就像位母亲。不，不，这一切必须现在就结束。

他咬紧牙关，面孔扭曲着。就现在。现在那不可抗拒的快感已消失，黑姑娘和她的狗、兔子、鹦鹉、猫的欢快叫声也已不在，而他刚刚吃了一口拯救他的苹果。现在，他还可以痛恨，不依靠酒精就可以痛恨一切，但对于这陌生而美丽的女子的梦想却恨不起来，爱过之后，她是不可替代的，他只盼望她永远留在这里，而他将用一生来呵护她的笑容。

是的，就现在。现在是说出实情的最好时刻。他将苹果扔到地上，赤裸着，坚定地向卧室走去。走到卧室前，他就猜想得出安娜在干什么，她温柔的话语、她的青春连同那只小狗迎面而来。

有些时候，她摆弄男人的香水瓶，说太好闻了，并将它喷到自己最隐秘的部位，还把她带来的小动物喷得香香的。有时是关于唱片的话题，她让他买的麦当娜和乔治男孩[①]的唱片，她可不喜欢他那里的老唱片。或者就是遥控器的话题。

安娜光着身子，单纯的，背对着门坐在床上，她在跟雪球讲话，摩挲着它。

安娜，他手扶着门框，以一种陌生的声音喊道。

姑娘感到奇怪地转过头来，带着每两天一次的甜美、守时与不可抗拒的魔力。

选自《心是发情的动物》，1995

---

① 二十世纪八十年代英国的流行偶像。

卡洛斯·卡尔里翁(Carlos Carrión, 1944—),生于洛哈市,马德里大学文学博士,现为洛哈国立大学文学系教授。曾发表短篇小说集《最美的夜行动物》(*El más hermoso animal nocturno*, 1982)、《心是发情的动物》(*El corazón es un animal en celo*, 1995)、《十二个爱情故事和一头鲸鱼》(*Doce cuentos de amor y una ballena*, 2004)和《国王开口说哞哞》(*Habló el rey y dijo muuu*, 2011)。长篇小说《你名字的欲望》(*El deseo que lleva tu nombre*, 1990)、《让人怜爱的女孩》(*Una niña adorada*)和《谁能帮我杀死老婆》(*¿Quién me ayuda a matar a mi mujer?*, 2006)。2011年其长篇小说《马德里的乌托邦》(*La utopía de Madrid*)获得拉丁遗产基金会颁发的文学奖。部分作品被翻译成意大利语、法语和希伯来语。

一枝玫瑰

豪尔赫·达维拉·巴斯克斯

我记得那年我们在海边度假的时光，海水拍打着岸边，梅耶夫人在那里盖了一排小房子，用于出租给山里来的人家，他们皮肤苍白，想来这里晒晒太阳，没想到却遇到了八九月份的寒流，连续的坏天气，只有很少几天有太阳，正如爸爸所说的那样，老是起雾、刮风和下毛毛雨，让大家的心情都很糟。

晚上，我们有时聚在梅耶夫人的大客厅里。有人弹钢琴，有些人玩牌，年长的女士们织着毛衣，聊着从前的假期，她们笑着回忆自己的母亲、姨妈和奶奶，她们从欧洲或美国来，戴着大大的宽檐帽和厚厚的面纱，遮挡着阳光、风、无礼的目光和一切。

“那个时代如果有女的下海，”一人说道，“那将引起轩然大波，她长长的衬衣紧裹着身体，游完后，曲线更加诱人，让人不禁联想到古代穿着浸湿长袍的雕塑。”

“现在的人更加不知廉耻，”另一个人说道，“为什么还要穿那么点儿衣服呢？暴露着的比遮盖着的多得多。”

“年轻人就是这样，”第三个人说道，“没有多少头脑。但别忘了我们都曾年轻过。”

“不错,但我们可不会在寒风中半裸着身体到处跑。”

“我们的妈妈不会允许的。”第四个人总结道。

“当然不会。”大家齐声说道。

一天晚上,一位钢琴家和一位女歌唱家来到梅耶夫人这里,他们参加完港口俱乐部的音乐会后,决定在海边的小旅馆里多待几天。

他身材矮小,但拥有能在琴键上飞舞的细长双手,能用这古老的乐器弹出准确的曲调。

她胖胖的,表情丰富,年轻时应该很漂亮,她的嗓音能让老人们为之振奋,让几乎所有的年轻人开怀一笑。

我说几乎,是因为我的表妹米莱娅,她十九岁,刚刚离婚,来这里跟我们一起度过一个寒冷的假期,“治愈她那破碎的心”,正如度假人群中一位老人所说的那样。她还说服我们年轻人中两三个不那么爱闹腾的,让我们听布塞耶女士唱歌,因为这种机会可不多得。她旁征博引,给我们介绍她的名气,她的音乐会,她的唱片,我们被她的话语所吸引,留下来听歌唱家唱歌,而有几个不那么顺从的沐浴着月光,去海边散步了,还有因白天玩儿累了的或者在各自的小屋里狂欢过后的人都离开了。

布塞耶女士唱了几支歌剧片段,吸引我们的不是别的,而是她嗓子里发出的奇怪声音,因为我们对音乐一窍不通。她又唱了六七首歌,之后,她用糟透了的西班牙语对我们说,她想为我们演唱柏辽兹《夏夜之歌》中的组歌作为结束曲,那是大家都耳熟能详的,是根据戈蒂耶的诗歌改编的。“我们可不清楚,”安塞尔莫表哥低声说，“戈蒂耶是谁？”他又问道，但这立即招来米莱娅表妹斥责的表情与眼神。尽管我们对这位歌手不太认可，但我们还是很喜欢她演唱的最后三首，尤其是最后一首。

“那是《玫瑰花魂》。”梅耶夫人用无所不知的口吻说道，“多么动听的歌曲！”在大家的鼓掌声中，她从钢琴上的花瓶里取出一束玫瑰花，送给了那位艺术家。

“多么动人的歌词啊！”米莱娅说道。

“您能听懂歌词？”歌唱家问道。

“懂一点，法语老师曾让我们背诵过这一段，即一位姑娘离开舞会后，玫瑰仙子出现在她面前的那一段。”

“Je suis le spectre d'une rose, que tu portais hier au bal，”梅耶夫人背诵道，之后出现一阵短暂的沉默。

“每枝玫瑰都有灵魂。”米莱娅说道。

“你这样认为？”歌唱家问道。

“当然。”表妹肯定地说，带着她对艺术的一贯热情。大家反应各不相同，从年轻人的笑声，到老年女士们窃窃私语的质疑。

“这一切都是诗，”梅耶夫人断言道，“就是诗歌。”

之后，话题转向这句“que tu portais hier au bal”不可能在保持原有韵律的基础上直译过来。

“‘你昨天在舞会上带着的’，听起来那么别扭，缺少韵律。”之后大家又提出几种译法，但觉得哪种都不合适。

最后，梅耶夫人提醒说还为伟大的尼金斯基编排了芭蕾舞。（“谁是该死的尼金斯基？”安塞尔莫咬牙问道。“那个时代最有名的芭蕾舞演员。”年轻的离异者，就是我们的表妹，低声斥责道。）

“主题相同，但音乐变了。”钢琴家说道，他一整晚都未开口。

“太遗憾了！”梅耶夫人感叹道。

“尊敬的夫人，请原谅，我不知道您对音乐如此精通，”钢琴家用完美的西班牙语说道，尽管带点儿鄂音。老人们互相看了一眼，就好像在说“你看吧，我早就跟你说过，这位夫人可不仅是海边度假公寓的女主人。”“但是，请您听我说，伟大的柏辽兹的音乐并不适合舞蹈，那需要更动感、更多变和更符合舞蹈要求的曲子，也就是韦伯的曲子。”（“又冒出一个奇怪的名字。”安塞尔莫又评论道，但米莱娅已不愿再跟他解释。）

“嗯，我同意，”梅耶夫人认可地说道，“但每次欣赏《玫瑰花魂》，我总想到柏辽兹。”

“您在这个国家看过？”歌唱家问道，她觉得不可思议。

“不，当然不是。但是安娜·巴甫洛娃（“这位亲爱的安娜是谁？”安塞尔莫问道。“是一位出色的芭蕾舞演员。”表妹低声、干巴巴地回答道。）巡回演出时曾经过这里，在我们到这里的前几年。”

“巴甫洛娃？”

“是的，她曾来过这里。”

“天哪！”歌唱家惊叹道。

“是的，亲爱的，您不是第一个踏上这个国家的著名艺术家。”梅耶夫人的语气里暗含着点儿什么，让人想到讽刺。

“对不起，各位，我得走了。”米莱娅歉意地说道，起身准备离开。

“路很远吗？”歌唱家不安地问。

“哦,不,”米莱娅笑着说,“我住在第三个房子,离这儿四十米。”她再次跟大家告别。

“给您的,”女高音亲切地说,然后给她一朵小玫瑰花,“希望有仙子陪着你。”

“当然有,夫人。”离婚女子微微点头,感激地说道。然后离开了,我们目送她远离。

“真是一位好姑娘,”钢琴家说道,“但她不再是一个人了。”

“是的,不是一个人。”我们齐声说。

突然,就像凭空出来的一样,一位隐形的精灵跟她走在一起,高兴地聊着天。

“可能是玫瑰花魂。”女歌唱家低声说道。

其他人再没有说话。

未发表

豪尔赫·达维拉·巴斯克斯(Jorge Dávila Vázquez, 1947—　),生于古安卡市,哲学博士,在大学任教多年。发表过长篇小说、短篇小说、诗歌、戏剧以及散文。主要作品有《生与死的玛丽亚·华金》(*María Joaquín en la vida y en la muerte*)和《这就是路》(*Este mundo es el camino*),分别获得奥莱里奥·埃斯皮诺萨·保利特小说奖和短篇小说奖。另有《夜晚的生灵》(*Las criaturas de la noche*)、《关于天使》(*Acerca de los ángeles*)、《梦中的书》(*Libro de los sueños*,获得华金·加列戈斯·拉腊文学奖)、《美妙的夜晚》(*La noche maravillosa*)、《深渊之光》(*La luz en el abismo*)、《不一样的绵羊》(*La oveja distinta*,获得文化部颁发的塞萨尔·达维拉·安德拉德文学奖)、《精灵之舞》(*Danza de fantasmas*,叙事文学作品)、《塞萨尔·达维拉·安德拉德,诗人的斗争及自尽》(*César Dávila Andrade, combate poético y suicidio*,散文作品)、《破碎的镜子》(*Espejo roto*,国家戏剧奖)、《记忆之河,空中之树,颤抖的话语》(*Río de la memoria, Árbol aéreo, Temblor de la palabra*,诗歌作品)和《天真字典和柔弱的声音》(*Diccionario inocente y La diminuta voz*,儿童诗)。

月光下的女友

埃列赛尔·卡尔德纳斯

我是谁？我要干什么？我去往何处？这些问题，
精灵般地困扰着少年的心。

卡森·麦卡勒斯

“我们只能到这里了。”堂马塞利诺说，就是那位货车司机，他常常把我们的货物运到通往村子的十字路口，我和父亲要去村子里卖货。雨下得很大，电闪雷鸣，透过货车车窗和挡风玻璃看到的只是一团浓雾。那时我十三岁，每当学校放假，我就帮着父亲卖刀具、肥皂、收音机上用的电池、针，还有一种最难运输的煤气罐，用它可以生产出廉价的汽水，在偏远的、不通公路的地方常常喝的那种汽水，但我对生活的期待不只是跟着父亲走街串巷。

父亲穿上雨衣，戴上雨帽，我也一样。我们得抓紧卸货，堂马塞利诺可没耐心等待，他总载着很多货物去往各个村庄，一直到海边。雨水顺着我们的身体滴下，尽管穿着雨衣，还是能把我们淋湿，我们将一包包的货物卸下来。一直以来，最难卸的就是那又大而且锈迹斑斑的煤气罐。每次我帮父亲搬这些罐子时总把我的手弄伤。

“这里通往村子的公路已经开始修了。”堂马塞利诺对父亲说，他坐在车里，看我们卸货。他当然没那么傻，在大雨天从驾驶室出来。

我父亲叹了口气算作回答。他很清楚正在修建的公路将一点点地带走他的生意，交通便利了，人们就不会在集市上买东西了。一辆卡车拉的货物远远多于他的肩膀和骡子所能扛的货物。

尽管大雨滂沱，漫山遍野处于浓雾笼罩之中，但我并没有带着怨气去往那个村庄。当圣诞前夜父亲让我陪他来这里时，我的心突突跳起来：我马上能见到卡梅丽娜了，这地狱般的山村中最漂亮的姑娘。当我第一次见到她时，我并没在意，她瘦瘦的，跟伙伴们在村里的小广场上嬉戏着，而在我的年龄，对陀螺的兴趣远远大于吵闹的女孩子们的游戏。第二年大约八月份，当我和父亲再次来到这里时，正是刮风的季节，狂风将集市上的帐篷掀翻，将被捆住爪子的待售母鸡吹上天，我突然看到卡梅丽娜已经长成大姑娘了，她大大的眼睛、黑油油的辫子让她在夏日的阳光下容光焕发。她家在村口石头小路那儿开了个小旅馆，我和父亲有时会在那里吃饭，喝点儿蔬菜、豌豆做的稀汤，吃点儿锅巴配炸香蕉和西红柿片。卡梅丽娜常在楼上唱收音机里播放的歌曲，老房子散发着油烟的味道。当她下楼看到我时，会凑到我的饭碗前，用勺子搅一搅，然后笑一笑，仿佛在嘲笑我，挑衅我，我觉得十分羞愧，赶紧吃完饭，回到集市上，远离卡梅丽娜的眼神与笑声。

这个年龄，我还对此一无所知。小旅馆的另一位食客、当地学校的老师笑着对我父亲说那姑娘在向我调情。“你儿子已经是大小伙儿了，而且是城里来的，对这里的姑娘有吸引力。”他略带讥讽地说道。父亲皱了下眉头，怀疑似的看了我一眼，继续吃饭。

老师的话让我豁然开朗，这个年龄，只需要轻微的点拨就会明白一切。我意识到卡梅丽娜喜欢我。她是那个山村为数不多的穿着裤子的姑娘，而且裤子被磨得发亮。我甚至认为她有一管口红，因为有时她的唇会露出一丝不那么自然的红色。在小广场上，我和父亲看着摊位，等待人们前来购买锁、火柴、蜡烛、老鼠药或者女人用的发箍，这时，我会偷偷地观察周围，希望能看到卡梅丽娜跟她的朋友们经过这里。为庆祝村子保护神的节日而举办的集市通常会持续三四天，在某个下午，父亲会让我一个人守着摊儿，因为他要去租返城用的骡子。这时，卡梅丽娜会跟她的朋友们突然出现，就好像一直在等待我独自一人的时刻。她说她对发箍感兴趣，试试，又说太难看了，我意识到她在借机跟我聊天。我两颊发烫，一句话也说不出来。她又说，当晚上村子断电后，她会跟朋友们借着月光在广场唱歌，她邀请我去。我会到小广场，爬上小教堂的门厅，跟她一起唱歌吗？我的声音好听吗？我木讷地点点头，让她明白我会去的。卡梅丽娜跟朋友们走了，她渐行渐远的笑声还在回荡。爸爸回来了，不满地嘟囔着，因为他不得不用高价租下两头骡子。我出神地漫步在星光下，想着那晚如何悄悄溜到小广场。

每次来到这个村子，我们就住在一家小餐馆的后院里，餐馆的主人——一位老女人租给我们一间小屋，地面是土地，我们在上面铺上草褥，不停地抓着虱子，直到入睡。有时，餐馆里醉鬼的叫声吵得我们难以入眠。但是那一晚，尽管有集市，老女人却没开门营业。我焦急地等待爸爸入睡，他那么劳累，干完一天的活儿，很快就打起鼾来。

我蹑手蹑脚，穿好衣服，向餐馆大门走去，门一般会插着门闩，上着锁还有木棍。我小心翼翼，尽量不弄出一点儿动静，打开门，我迅速溜了出去。村子一片漆黑，因为八点后，为村子提供那点儿可怜照明的发电机就停止工作了，广场周围的住家和环绕广场的四根电线杆都不亮了。卡梅丽娜告诉我会有月光的，但那晚厚厚的云层遮住了月亮，一片漆黑。我往前走着，担心撞到什么，我后悔出来了，很想再返回住处。但我更担心卡梅丽娜和她的朋友将我视为言而无信的傻瓜。我朝黑暗的广场走去。

没有一个人影。黑暗中我数着台阶，摸着教堂的木头柱子避免摔倒，摸索着穿过那里。正当我因感到被捉弄而气愤不已要离开时，有人拽了拽我的衬衣。黑暗中，我看到几颗白白的牙齿。“你来了。”卡梅丽娜带着胜利的口吻说道，同时有几双手将我推到她的身边。她的朋友们围着我们哼着歌。这时，卡梅丽娜将手中的灯点着，缓缓地照着我的脸。“会唱《月光之夜》吧？”她问道，那是她喜欢的一首很好听的歌。我会唱那首歌，因为在城里我家附件的街角处，有一家歌厅，里面的自动唱机经常播放这首歌，我已经学会了。我唱了起来，还不太糟糕，我唱歌时，又大又亮的圆月已露出云梢，我看到卡梅丽娜陶醉而略带伤感的表情，仿佛这首歌将她带回过去，而她的朋友们则在我们身边不停地嬉笑，窃窃私语。卡梅丽娜似乎可以掌控其他人，她提议我们玩捉迷藏游戏。她和我要藏到广场的某个角落，让其他人找我们。“奖品呢？”一位朋友不怀好意地问道。“这个外乡人的吻。”卡梅丽娜立即回答道。她不知道我的名字，也没问过我。她让其他人闭上眼睛，大声数到三十，然后对我说跟着她，我们走上一条通往教堂一侧的小路，那一侧有一个洞，她让我钻进去，之后她也进来了。尽管一片漆黑，我也能感觉到我们在圣器室，因为我碰到一个放在角落里满是灰尘的雕像。卡梅丽娜点上灯，笑着说他们不会找到我们的。

我感觉有些异样，腿微微发抖，我不知道跟她单独在一起能干什么，也不明白她为什么要玩这个游戏。只有小孩子才玩捉迷藏的游戏呢，我们已经长大了，尤其是卡梅丽娜，她的乳房已微微凸起，也不会再长个儿了。

“你怕了？”她问我。她离我那么近，我能感到她的呼吸，她的气息轻抚着我的脸，挑逗着我，让我有种说不出的、要干点儿什么的欲望，我渴望将她搂入怀中。“我一点儿也不害怕。”我语气缥缈地答道，担心她能听到我紧张的心跳声。她缓慢、轻柔地抓住我的手，长时间地握在她的两手间。“你在城里有喜欢的人吗？”她问道，不时地拨弄着灯芯，灯光忽明忽暗，她用灯照了照这个狭小空间的各个角落，这里因长时间的封闭而散发出潮湿的味道。一束灯光照到了一幅画，是圣母像，上面还画着一位头发卷曲的圣徒和一把祷告椅。我迟疑了一会儿，用一丝微弱的声音回答说我没有任何喜欢的人。“那么我们就是男女朋友了。”她坚定地说道，我们就那样一动不动静静地待着，互相听着对方的呼吸。

卡梅丽娜的朋友们找我们找烦了，就各自回家了。当我们从藏身之处出来时，月亮更大更亮了，在进家门前，作为告别，她迅速吻了我的面颊。我神情恍惚地回到住处，久久不能入睡，想着卡梅丽娜为我们确定的恋爱关系。

第二天，爸爸觉察到我的异常，问我怎么了，我推脱说有些不适。由于我们要早早返城，我没时间再去卡梅丽娜家转悠。这是怎样的男女朋友啊？我离开这里，竟不知道什么时候再能见到她。大雨之中，我们守在货物旁，我一直想着这事，通往村庄的道路因大雾而难以辨认。租给我们骡子的人还没到，但我听着堂马塞利诺卡车的马达声已渐渐远离。在一片灰蒙蒙中，道路与杂草丛生的两侧已难以分辨。

数月之后，我再次返回卡梅丽娜所在的村庄，我渴望见到她，这位捉迷藏的女友。她还记得我吗？我一刻不停地想着她。我上中学二年级了，每当数学和语法作业让我痛苦不堪时，我就去想卡梅丽娜，想她温暖的手握着我的手，想到捉迷藏的那晚我们成为男女朋友。

牵着骡子的人来到时已近黄昏。他浑身是泥，喝得半醉，他没跟我们解释，就向爸爸抱怨因大雨道路十分泥泞，上涨的河水冲走了我们必须经过的小桥，因此我们不得不绕道，才能到河的对岸。父亲心情恶劣，诅咒着这糟糕的天气，我们将货物放到已疲惫不堪的骡子上，开始艰难地前行。浓雾和大雨一直困扰我们，牵骡子的人在半醉半醒间不停地喃喃自语，他嘟囔着说等取代这条小路的公路修好，当地人出门就方便了。

“那条公路会让你我都失去工作。”爸爸说道，雨水顺着他花白、浓密的胡子滴下，“有公路了，就没人再租用你的牲口了，货车也会取代我在集市上的位置。”

我们浑身是泥，走在垄埂上，骡子停了下来，再也无法让它们迈步。我们蹚着水走着，因大雾看不清道路，几次险些从路埂上掉下去。终于在天黑时远远看到了村庄，当发电机开动时，村庄里星星点点的微弱灯光穿透浓雾，透了出来。我精疲力竭，到达客栈帮父亲卸完货物后，我首先做的就是带着满身的泥跑了出去，跑向卡梅丽娜家。爸爸感到很奇怪，问我是哪根筋搭错了，这么累又浑身是泥，居然想在这个只有破旧房屋和几只狂吠老狗的村庄里溜达。

两台黄色的、履带上沾满泥的拖拉机停在卡梅丽娜家门前，家里灯火通明，仿佛是节庆日。她的一个弟弟在门口，我想装出若无其事的样子，并想离开那里，尽管我满脸是泥，他还是认出了我。他高兴地叫着卡梅丽娜，让她赶紧下楼看看一个浑身是泥的人在这里转悠。

当她从阳台探出身来时，我羞愧死了，她化着妆，异常优雅，比我最后一次见她时更像富家千金，看到我那副模样，她哈哈大笑起来，同时在她身后出现了一位个子高高的外地人，他穿着皮夹克、牛仔裤。仍在哈哈大笑的卡梅丽娜问是我吗，我羞愧地转过身去，想离开，但又停住了，仿佛我想要的是一个完整的屈辱。

在阳台上,卡梅丽娜挽起高个青年的手臂,对我说那是她男朋友,是道路工程师。当头一棒,我迷迷糊糊地嘟囔着捉迷藏时,她说我是她男朋友。卡梅丽娜从高处看着我,仿佛原谅了我的傻话,并澄清说那只是个游戏,她又看了看那位工程师,两人相视而笑。

我气得发抖,回到住处,眼泪因屈辱夺眶而出。父亲已将货物码好,看到我的样子担心起来,但并没有问我什么。尽管我出于尊重和害羞,很多事情都没告诉他,但他知道一些。

第二天早上,广场因大雨而变成一片泥潭,爸爸将摊位摆在靠近教堂的走廊处,从那里我可以看到我和卡梅丽娜在月夜钻进教堂的洞口已被堵上,墙面上留下深色的水泥印,如同一片伤疤。拖拉机开了出来,时而带起一片泥土,时而陷入泥潭中。后面跟着工程师们,小心地避免弄脏靴子,开始了他们修路的工作。我带着仇恨与痛苦,长时间地注视着那位是卡梅丽娜男友的年轻工程师。

“见鬼,人们对修路这种事情如此热衷,”爸爸说道,“但是这里,有没有公路,都是一个该死的地方。”

我说是的,这地方太糟糕了,最好我们再也别来了。

爸爸对我笑了笑,坐下来等待顾客的光临。

选自《休息日的故事》,2004

埃列赛尔·卡尔德纳斯(Eliécer Cárdenas, 1950—),生于卡纳尔市,作家、文化栏目记者。小说《灰烬》(*Polvo y ceniza*)于1978年获得厄瓜多尔文化出版社国家奖,至今已印十五版。他发表的其他小说有《殉难者游戏》(*Juego de mártires*, 1976)、《玻利瓦尔,请告诉我们》(*Háblanos, Bolívar*)、《人类的准确》(*Las humanas certezas*, 1986)、《钻石与有利可图之人》(*Los diamantes y los hombres de provecho*, 1989)和《偶像崇拜者日记》(*Diario de un idólatra*, 1990年进入罗穆洛·加列戈斯文学奖最后一轮)。出版的短篇小说集有《望天》(*Siempre se mira al cielo*,1985)、《缺憾美》(*La imcompleta hermosura*, 1997)和《休息日的故事》(*Relatos del día libre*, 2004)。戏剧作品《死于比尔卡班巴》(*Morir en Vilcabamba*, 1990年获得奥莱里奥·埃斯皮诺萨·保利特国家文学奖)。

狗娘般的爱情

马塞洛·巴艾斯·迈萨

那时你说:“我们去马克影院吧,看看那部获得奥斯卡最佳外语片提名的墨西哥电影。”我回答说好吧,反正也不损失什么。咱们电话联系已近两年,我从未想过要见你一面,这对我可是损失。刚一见到你,我就知道进入了一个充满光亮的迷宫,而祭坛上就是你的形象。面对你就如同面对虚幻的事物:有关巴黎的广告牌,梦境般的风景,艺术作品。

在2000年的四月份,那部叫《爱情是狗娘》的电影放映时我几乎没看。我们倚靠着,十分规矩地坐在扶手椅上,相互舔舐着过去的伤疤。“夫人,”我对你说,“把我固定在这椅子上吧。”这时响起了普林斯的歌:“如果你愿意,请想象一下这幅画面,亲吻连接你我,你的汗水覆盖着我。这场景在你脑海中闪现了吗?幻想吧,一处庭院,盛开着丁香花的海洋。我们看到小动物那奇怪的姿态,它们也有欲望,你我之间的欲望。”我已记不得这首歌曲是在哪个预告片中播放的。

我们就没有看电影,完全沉浸在自己的电影中,时不时地浮出水面吸口气,放松一下双手。在这必要的停息之中,为了炫耀,我对你说,《爱情是狗娘》的节奏和反映的肮脏主题与昆丁·塔伦蒂诺的《低俗小说》有异曲同工之处。你,拉丁摇滚乐的拥趸者,可将超短裙和弗洛伊德与马尔库塞的作品完美结合,你说你在什么地方读到过,阿莱杭德罗·冈萨雷斯·伊纳里图导演极力否认受到那部影片的影响。"人们将他的电影与《低俗小说》比较,他应为此感到骄傲。"我说道,但不知是否炫耀成功。

我们的双唇盖住对方双唇之时,银幕上的故事正快速地交织转换,如同我们之间的爱抚,或者说如同交通事故的画面一样。我们斜眼看到狗在小的罗马竞技场互相撕咬,人们为相互残杀的狗而下赌注,而狗仿佛是四条腿的斗鸡,露出令人生畏的牙齿。如同狗一般的三角恋,你说道,发生在盖尔·加西亚·贝纳尔、一位姑娘和一位小伙子之间。从那时起,你就开始关注盖尔,比阿莫多瓦早得多。

另外一个引起你注意(或者引起我的注意,我不记得了)的角色是那位女模特,那位几乎失去一切的女模特:她的身体。影片刻画人物的方式让我印象深刻,所有的人物都十分反叛,如同狗一样。人类就是狗娘养的,这仿佛是导演要传递的信息。我们不知何为狗一样的爱情,现在仍然能记起的是在扶手椅上的故事。你如狗一般地叫着,我如猫一般地叫着。你对我猫叫的回应是将第三个元音①拉长,直至疲惫不堪,那声音仿佛是一群老鼠模仿你的声音发出的。

---

① 西班牙语象声词"maúllo"表示猫"喵喵"的叫声,第三个元音为"o"。

多年以后，面对行刑队，你可能再不会记起你带我去看《爱情是狗娘》的那个下午。那时，影城如同地球村，上千万的电影疯狂地寻找着观众。世界又老又虚幻，有许多新发明出的事物被命名。两年之后，我们没一起观看《21克》，冈萨雷斯·伊纳里图的第二部影片，我想告诉你错过这部影片可不应该。那是蒙太奇的堆砌，纯粹的焰火制造术的展示，跟他2006年的影片《通天塔》一样，这是他跟编剧吉列尔莫·阿里加最后一次合作。导演讲故事的欲望不可思议地反映在这三部曲中，反映在它们的结构中，最终结构变得如迷宫般的复杂。那么多优秀的演员白费了。过分地渴望拍有意思的电影，而最终却显得空洞无趣。你很清楚“空洞”的意思。跟阿里加和冈萨雷斯·伊纳里图一样，我和你也不再续写我们的疯狂故事，那将我们带入深渊的故事。编剧的缺失在那部叫作《Biutiful》(《美错》,2010)的电影中感觉如此强烈，应该将它命名为《Ugli》(《丑》)。没有什么比你跟小狗在一起更美的了，可惜不是跟我在一起。你不那么需要我，就像你一边吮吸奶瓶一边写的新故事不需要编剧一样。

你现在离我那么近，又那么远，我所需要的就是讲完这个不那么歇斯底里的故事。我夹起尾巴，我内心的声音告诉我请你不要说再见。请不要忘记豪尔赫·路易斯·博尔赫斯的话：“只有对众神可以使用再见，因为他们是永生的。”我只想对你唱《保重》这首歌，是西班牙“梵高的耳朵”乐队唱的一首歌：“拿起记忆中的一对酒杯，我的眼睛告诉你，我看到你在哭泣……请你多保重，我在这里很好。忘掉我吧，我会永远记得你。”胡丽叶塔·凡内加丝[1]唱的一首歌中的几句词可以作为这首歌的墓志铭：“难道你已永远忘记？/你那天的话语，只有我听到/太阳慢慢灼烧话语/大海中起航到永远/因为你狗娘般的爱会将我杀死/没给我带来幸福/你狗娘般的爱会将我杀死/没给我带来哪怕一丝的幸福。”喵……

选自《麻布与浮雕》，2012

① 胡丽叶塔·凡内加丝（1970— ），生于美国，墨西哥音乐制作人、歌手。

马塞洛·巴艾斯·迈萨(Marcelo Báez Meza, 1969—),生于瓜亚基尔市,毕业于里多拉尔理工大学,科技公共交通硕士,现于西蒙·玻利瓦尔大学厄瓜多尔校区攻读西班牙语文学博士学位。曾获得国家级文学奖六项,于2010年获得由秘鲁皮彬达出版社组织的豪尔赫·萨拉萨尔短篇小说奖。发表了五部诗集,其中包括《哈瓦那的同一片海》(*El mismo mar de todas las Habanas*);三部小说,最知名的有《矿砂鉴定者》(*Catador de arenas*);三部短篇小说集,《麻布与浮雕》(*Lienzos y camafeos*)为其中最近的一部;三部电影评论,最新的一部是《电影与文学的碰撞》(*Cine y literatura:encuentros cercanos de todos los tipos*)。他的多篇文章被选入西班牙语文学集。

该死的音乐品味

卢克莱西娅·马尔多纳多

献给莫代斯托·蓬塞

的确还不是应该回家的时候，的确我应该打个电话的，我已三十岁了，不能再由着性子来，至少在我住在这个家里时不能，因为生活在这个体面的家里的人，尤其是女人有责任克制自己，不能做出格的事情，在我这样的年纪，在你对我进行过道德、天主教、信徒、圣母等的教育后，我怎能犯错误呢，那些你知道什么人才犯的错误。的确，在你跟我叨叨这一切之前，为了让你别费口舌了，还是我跟你叨叨吧，让我跟你解释，让我坐会儿看着你的眼睛，那仍然美丽、深邃的眼睛，这双眼睛一定曾深情地看着爸爸，在某个寒冷的夜晚，在某个迷茫的时刻。让我走到电唱机那里，而不是走到那个现代设备那里，那个设备功能强大，可以放光盘，那是上次母亲节时我送你的，知道你对音乐大师的作品有着特殊的偏好，也为了让你能听到你的三重奏，那些真正有品位的人懂得欣赏的音乐，而不是随便什么人都听的那种音乐，也不是在我们青少年时期，你和爸爸送给我们的那种音乐，那时我们参加朋友聚会，跳着年轻人喜爱的舞，你总对我说伊莎贝尔别穿这么短、这么具有挑逗性的裙子，我穿上机械师穿的工装裤，爱荷华州的农场主穿的上衣，你变成港湾似的，双眼噙着泪水，不知对着谁，嘟囔着“我多么希望她能爱美些，现在打扮得跟街上的嬉皮士似的，谁还会注意她呢。”好吧，这是另外的事情，我想讲的是电唱机的事，我们还小的时候，你喂我们吃加柠檬汁的香蕉糊糊时，让我们听着音乐，玛丽亚说那是死人的音乐，最好买些胡利奥·哈拉米约，莱奥·丹或者帕利托·奥尔特加的碟。但什么都没买，一直是你的巴赫，你的维瓦尔第，你的莫扎特和你的柴可夫斯基，而爸爸就是听他的拉威尔，他的彭赛和他的维拉-罗伯斯，我们就是在这些音乐声中长大的，之后在学校，比我们富有数倍的学生们说我们十分怪异，说我们像那些人一样，不喜欢这种音乐因为听不懂，但装作听懂的样子，你明白吗？但别摆出这副表情，最好摆一架手风琴，那种让全身汗毛都竖起来的琴。让我继续跟你讲吧，碟片发出如煎鸡蛋般的咔咔声，在香蕉糊糊和巴赫之间过了很多年，确切地说，三十年，妈妈，这三十年中，出现了披头士、塞拉特、印第-伊利玛尼[①]、维克多·哈拉、梅赛德斯·索萨、奇拉巴约[②]还有新的古巴唱词，那么多的新鲜事物，表面上看不一样，但实质是一样的，即使你是正直的、天主教徒、保守派，或者其他什么的，但看

---

① 一支智利乐队，“印第”是克丘亚语的音译，意为“太阳”；“伊利玛尼”是艾马拉语的音译，意为“金鹰”，指玻利维亚首都拉巴斯附近的一座山。

② 一支智利民歌乐队，名字是马普切语的音译，“奇拉”意为“三”，“巴约”意为“胡须”。

到我在校际比赛中弹着吉他唱着昨天我品味着你野草般的名字讨厌的甜心我记得你阿曼达生活让团结的民族不可战胜好多次我对你说过做之前要好好考虑我把发现的东西放到哪儿，也会激动的，所有的人都说我嗓音很好，但我没往这个方向发展，这让你感到欣慰，但你害怕我去参加各种音乐节音乐会，不知道我会跟谁去之后干什么几点回家你总是拿个笤帚躲在门后但几乎从未用过只是一次一次地把我吓着这样的行为是你恐惧的表现，不是吗？害怕我们重复你们的错误，害怕我们犯致命的错误，害怕我们忏悔前就死去，害怕我们沾染毒品，参加游击队，害怕我，家里唯一的女孩，全世界的宠儿，变成古惑女，迷失在回家的路途中，尽管你不断祷告不断祝福想保护我，但却不能陪着我。这么多的担忧，妈妈，这么多的恐惧，让我也渐渐害怕，我跟你讲这一切是因为你突然不理解我了，尽管我感到你现在语气柔和了很多（听维瓦尔第吗？）。你好奇地看着我，因为像所有的母亲一样，你觉察到发生了大事，令人高兴的大事，但你也预感到你不会特别喜欢，就像你不喜欢我四年级时学社会学一样，那是特别、超级没用的人才学的，而不是名人学的东西，也不会像学习物理、数学、化学、生物那样能培养出优秀的女律师、社会学科的女大师、家庭主妇、银行女职员，也会有一两个女医生或工程师；你也不喜欢我选择那么没有前途的文学作为专业，但当你看到我取得一点点成绩后，你的不快渐渐消失，甚至还祝贺我，你忘却了之前的争吵、你的泪水和我的尖叫，忘却了因我的堕落而导致你精神紧张，你对我未来的担忧，上帝啊，这孩子将来可怎么办呢？妈妈，也许你当时是对的，现在和将来也是对的，每当我拿回去一本杂志，你就会偷偷地在编委会名单中找我的名字，你很欣慰，很自豪，你跟谁也没提起，有时还会叹息，只是因为你习惯叹息了“上帝啊，如果你当时要……”我装作什么都没听到，不理会你，帮你收着院子里晾晒的干净衣服，想到你突然没有了建议，你的担忧突然变了，尤其是爸爸死后，朱丽叶姨妈搬来陪着可怜的寡妇可怜的二十五岁的丧父之女，我们需要安抚友谊就好像她可怜的老处女什么都不需要一样，至少有人陪你评论电视剧了从下午两点一直播放到晚上八点的电视剧，有人陪你回忆过去，有人跟你一起做甜点，时不时地开开玩笑，妈妈我不是在怨她，无论怎样，每个人都有自己的生活方式，会找到自己的路和自己的乐趣，所以我知道当你突然有她陪伴时，你的担忧发生了变化，你担心我会变成姨妈：那可怜的悲哀的没有罗密欧的朱丽叶，过去、现在、未来都没有，永远的纯粹的处女，尽管我们知道当老天愿意时，我们会失去贞操，也就是说，在无数次对那个疯狂的人生气地说“不”之后，在至少一次求婚之后，在多次分别之后，在领证之后，尤其在得到神父的祝福之后，白色婚纱、祝福、各种各样的礼物，越多越好，不是吗？但我离这些越来越远，妈妈，我跟他们的恋爱关系不明确，时有时无，更多的是友谊，而不是别的，你和姨妈试图将我推向婚姻，但同时又担心把我推向堕落，你们跟我和我带来的男性朋友一起喝咖啡，但同时又将一切一下子毁掉，你们痛苦因为在我第一次大学时代的朦胧爱情中，他是一位嬉皮士，跟你们一样对音乐十分狂热，但他还是瘾君子，我试图将他从恶习的泥潭中挽救出来，但那是徒劳，他最终自己挽救了自己，跟一个已怀孕四个月的姑娘结婚了，这样一切都彻底结束了，这已是过去的事情了，正如你们所说，感谢上帝，已过去了，尽管现在有时会更为糟糕，每当出现一点希望时，我就不断地问自己，直到上帝让它胎死腹中，或许是因为运气差、羞涩，或许仅仅因为又出现了更完美的人，对获取爱情和维持恋爱关系更加训练有素的人，这时你跟姨妈面目慈祥地劝说我单身生活也有乐趣，尤其可以好好利用为他人做好事，但当你们一看到我并不为婚姻着急时，你们又开始叹气，上帝啊，她可怎么办呢，这么孤零零的，开始让我的哥哥们找各种借口为我介绍男朋友，带我去看电影，为我开派对，总不乏单身或丧偶男子参加，跟离异男子可是罪过。因此，六个月前，当我开始这份新工作时，你们十分兴奋，我是《怪相》杂志主编助理，主编是一位四十岁有魅力的鳏夫，他的照片时常见诸报刊，而他时常发表评论，你们比我兴奋几万倍，开始轮番给予我建议：暗送秋波、卖弄风姿但别过分，给点儿暗示但别落入俗套，淡妆，衣着得体，千万别穿蓝色牛仔裤去上班，关注他，但别过分信任他，如果他想越格，直接给他一耳光，总之，两人异常兴奋，但经过一轮未被授权的调查后，她们又开始指手画脚：你得抓紧了，他有秘书女同事大姨子小姨子大学学生，她们跟你一样，所以这次你一定要上心，伊莎贝尔，别担心你不爱他，这需要时间重要的是让他爱上你，我对此一律回答是但是既没有调情也没有过分举止，既没有暗示，也没有俗套，按照我的喜好和良好教育穿衣打扮，经常穿牛仔裤去上班，对他也没有特别关注，但每当讲笑话或谈话时对他倒是有些信任，没有对他暗送秋波免得给他一耳光，他可是我的头儿啊，他从一开始就让我直接叫他的名字安德烈斯，他有着令人欣赏的单纯，三年前妻子因不明原因脑溢血身亡，留下他和四个从五岁到十八岁的孩子，他几乎总是微笑着，和蔼可亲、彬彬有礼，但有时眼圈发黑，面色苍白、若有所思、忧心忡忡，他通常对人很友善，但不乏基多人幽默直率的闪光点，有时他有些腼腆、沉默、忧伤，尤其是在他大女儿嫁人后，有些早上他来时眼圈微肿，带有前一夜流泪的痕迹，有时在夜里12点面对着镜子孤独也会将我击溃，但我可以化妆掩饰而可怜的他却不能，他就只能这样来上班，所有人都明白，秘书们窃窃私语，朋友们拍拍他的背我什么也没说，你和姨妈却说，孩子，利用这个机会，安慰他，展示你温柔的一面，表现出你的关注，我关注但面对这样的痛苦，不知是丧妻之痛还是为儿女的操劳还是因为孤独，我能说什么能做什么呢，安德烈斯·苏亚雷斯那么出色那么友善大好人一个，前天看到有人在办公室里放了一个CD机他很高兴说道“亲爱的伊莎贝尔我们现在要装上电池。”昨天碟片声响起，我立即就抬起头叫道：“是塞缪尔·巴伯？”他说道：“啊，好纯真的发音，你是美国人吗？”我脸色通红说道：“不，我是地道的本国人。”这时我脑海里闪现出爸爸微笑的面容和博学的话语“塞缪尔·巴伯的柔板曾在富兰克林·德拉诺·罗斯福的葬礼上演奏”，也想起了那个恶意的笑话问道“你还好吧德拉诺？”所有人都愣了，但安德烈斯马上说道：“你喜欢吗？好听吗？让人起鸡皮疙瘩。”我们听了一会儿突然又响起了维拉-罗伯斯组曲5，那支每次你听了都热泪盈眶的曲子，我不能免俗地叫道：“太美了！安德烈斯，正如我的侄女们所说的那样，他妈的绝了！”他脸微微红了一下谦虚地说道：“你也不看看跟谁一起工作。”就这样整个下午，妈妈，空气中轮流飘响着莱奥·布劳威尔，格鲁克，皮亚佐拉，亨德尔，还有男神中的男神，妈妈，你知道是谁：巴赫和维瓦尔第。几支快板振奋着身体的器官，几支慢板净化着人的灵魂，直到下班时间安德烈斯突然小心翼翼地向我提议：“我们都喜欢音乐，你能来我家吗？孩子们前天都去了海边我也收拾好了明天一大早就去，这样没人打扰我们。我们喝点儿咖啡，聊聊天尽情地听音乐。”别这么看着我，妈妈，这正是我记忆中你和姨妈的表情，你们强调年轻女孩单独上男人的车很危险，去男人的家则更危险，尤其是家里没有父母、兄弟姐妹、孩子们甚至狗在时，那等待我们的只有一只蜷缩在客厅一角的小猫，发出凄惨的喵喵声迎接我们。“我把它托付给爸爸照看。”安德烈斯明白地说道，好像我要他解释似的，同时给猫咪的盘子装满食物。之后让我坐在客厅里，并为家里乱糟糟的而道歉，实际一点儿也不乱。音乐响起了。妈妈，如果你在这儿，你会觉得如同在天堂，那么多的柴可夫斯基，那么多的莫扎特，还有上帝中的上帝巴赫，爸爸，如果你行走在我心间，我坚定地如此认为，你会高兴地欢蹦乱跳：你听那拉威尔的博莱罗曲，维拉-罗伯斯的序曲。直到晚上9点左右安德烈斯要了个披萨我们开始放松下来，喝着咖啡闲聊，开玩笑，评论着除了天气、足球、政治之外的东西，如音乐、电影、诸神、家庭、父母子女、单身、丧偶等，最后我们一致决定听塞拉特的音乐，被他的第一句所倾倒：“*啊，我的爱，没有你醒来还有什么意义。*”我们把音量放到最大，免得别人听到我们在第二句“啊，我的爱，没有你床对我显得很大”时的哭泣，突然我看到他的手伸向我的面颊接住我未意识到正在掉落的眼泪，我抬起头看到他的眼眶湿润，鼻翼抽泣微红，他轻轻抬起我的下巴——朱丽叶姨妈的恐惧——带着牛至和咖啡味吻了我一下，然后他笑着轻轻说道：“六个月前我就想这么做了。”我，从头到脚浑身发烫：“那么我们之间缺少信任，你应该早点告诉我。”他解释说：“我感到你那么遥远，总沉浸在自己的世界中。”我开玩笑地说：“那应该早点放那些音乐。”无趣的玩笑，妈妈，我知道，这个玩笑不合时宜，但它突然产生了奇迹般的效果，在那句“下雨时，我不为所动，像蝉一样对着阳光歌唱”中他问我最喜欢听谁的音乐，我毫不犹豫地说出任何一个你有的维瓦尔第的协奏曲，他站起来，突然气氛变了，尽管我们还想像开始那样地聊天，但已经不行了，因为你和姨妈那么担心的我们体内的某种意识被激活了，那种皮肤想挨在一起的欲望，哪怕是从指尖开始，之后是双手、眼睛、脸庞、双唇，突然他说道：“如果你愿意，伊莎贝尔，如果你愿意。”我说是的，是的，我愿意，他的手伸向我的身体中央，他不断重复着，但越来越迟疑：“会有一点儿疼。”我想到这么多年来我的痛，这么短暂的疼、生活中又多一个疼算什么，生活本身就是痛苦的，这是你们用音乐和智慧教我的，泪水瞬间变成确凿的快感他的唇他的手他全身的皮肤划过我每个毛孔每根神经我已不知我的衣服在哪里我身在何处疼、疼、疼，但很轻微，维瓦尔第、安德烈斯和我处于一种激烈的未知的快板中不仅音乐而且我在自己体内不停地飞翔由他去吧接受吧全身的肌肉内脏都快乐地要死去快感渐渐转化为拥抱和甜言蜜语如同世上第一对情侣的甜言蜜语，就是这样，不是吗，妈妈？只能是这样，你跟我都很清楚，尽管你害怕这一切，尽管迷茫使你脸色那么难看，也许现在你想像我上大学时那样去拿笤帚第一次打我几下，这可是你以前想都不敢想的。你还想听什么呢？如果我那时死去了，很可能就直接下地狱了，就像学校宗教课上教我们的那样。妈妈，我不知是否做得对。我也不知道明天会怎样，或八天后他从海边回来时会怎样，或者等我想明白后会怎样。我可以肯定的是我从未体验过那份内心甜蜜的激情，我们五点钟相拥蜷缩在地毯上的那份甜美，喝着由他调制的咖啡，互相凝视着对方，默默无语，静静地待着，而正播放着的皮亚佐拉的孤独已近尾声，那也是属于我们的。

选自《你需要我的影子》，1998

卢克莱西娅·马尔多纳多(Lucrecia Maldonado, 1962—　),生于基多市,主修文学与教育学。曾在国内和拉美各国的选集中发表过诗歌与短篇小说。出版的作品有:长篇小说《除了苦难》(*Salvo el calvario*),该作品获得2005年奥莱里奥·埃斯皮诺萨·保利特国家文学奖,短篇故事集《啪-啪》(*Bip-bip*),于2008年获得利普莱萨国际青年文学奖,青年小说《孤独的翅膀》(*Las alas de la soledad*)于2012年入围青年文学教育奖,并获得基多市政府颁发的达里奥·格瓦拉当代青年文学奖。现为语言文学教师。

危　机

加布里埃拉·阿莱曼

“先生，能把我们拉到体面点儿的过夜之处吗？”

对于出租车司机的心声

体面：我们穿过了那个门洞，我们还能安然无恙地到达住处。

对于姑娘的心声

体面：为了让你柔软的骨头能在我的上面休息，街角处可不行，当我请你去我不存在的家里时，我忘了告诉你。

小伙子的心声

体面：但愿我口袋里的最后五万能够用（是的请去美丽旅馆）。

汽车在凌晨三点行驶在基多街道上时，他们靠在一起，直挺挺地坐着，揣测着汽车的行驶路线，他比她更加关注里程表（脑子里算着除了出租车钱，还有旅馆的费用）；她有些生气，后悔不该接受这个提议，更不该信任出租车司机（别忘了——她的记性好，可以延长到很久远的历史——司机的随心所欲和旅馆的选择与1999年3月的“黄色革命”密切相关：*互为因果，如果要点套餐，就是配薯条；配米饭，那是另外的价格，明白吧？*她将自己的爱交到革命者手上）。他们蜷缩着，他的双眼依然盯着无力而又飞速跳动的数字，盯着穿过学校的公路，而她则看着司机的后脑勺（他头顶，电影里见过，角度不错，表明是好的路线）。汽车穿过帕德里亚大街，上了八月十日立交桥，然后左转，他们拉着手，车又进入安全大道旁边的小街，在一个街角处迟疑了一下，转向弗洛达因巴布拉仓库，最后停在一处铁栅栏围着的有灯光的门口，在那路灯下面聚集着几位出租车司机，他们在聊天。夜深了，他付了钱，略带慌乱地问司机，现在我该怎么办？

司机心声

怎么办：小伙子，如果你不知道，那我还得绕更多地方，钱会多一倍。

姑娘心声

怎么办：这会是非常漫长的一夜。

小伙子心声

怎么办：如果我再犹豫，一切都完了，我是想说：老板是你朋友吗？有密码吗？有门铃吗？我看到有灯光和柜台。我还能说什么呢？我不想在这里过夜，我都没刮胡子。看看我身边的人，她不会也问些傻问题吧？

她拉着他的手，对司机笑笑，仿佛在说：从现在开始我负责一切，他们朝金色的大门走去。看着很不错，她想着，等他按门铃，他想着兜里剩的四万还有行李夹层里的两万（以备不时之需，可以先用一万）。门打开了，他们穿过走廊，只能这样了。还有时间再想想，因为柜台前居然在凌晨还排着队。当然别人的情况也许跟他们不一样。他们退回到对面的墙边，现在正接待另外一对。

"豪尔赫，给我开个一层的房间吧。"

"一层没有空房了，都有人。"

"哦，天哪，二层的房间空得让人气恼。"

她轻轻地捅了他一下问道，气恼什么？他迷茫地回答，怎么了？（他在想着其他的花费，钱从来都不够用，也许她有点儿）。小姑娘，您没有保护措施吗？什么？现在轮到她了。保护什么？她不知道指什么。你要创可贴吗？他打开包，在零钱袋里找着，不，不用了，她平静地说（他还在计算着）。

"好吧，14号房间，一瓶北方牌红酒，两盒避孕套。"她转身问那位男士，"要么三盒？"

她意识到他们在说什么，脸红了起来。她拽了拽他的袖子，对他说不，她没事，但她的身体背叛了她的话。她弯下腰，到台阶处，头抵着墙。马丁向她走去，摸着她的脸颊，问她还好吗。她挤出一丝微笑，病痛的微笑，他仍然不放心。美人，我们住在一个房间，不能去那里。啊，我的爱，她低声叹息，交易还在继续。第二对办理的很快——没人讲话，只有用钱换取钥匙的声音。

轮到他们了。马丁牵着她的手，两人如同受审之人（各有各的原因）走到前台。开间房，他说道。他们要了证件，然后看了他一眼。*他们揣测着他的年龄、价格，他们对他不熟*。她转身问那个正在接待他们的人工作怎么样？有趣吗？薪水如何？马丁收起证件，也转了个身（如同打保龄球一样的转身，眼睛始终盯着球），而她还在聊天，这为他反对二层那个空洞的房间赢得了时间，但现在离开已经来不及了。之前还有可能离开。有个促销活动，您有兴趣吗？那位看着她的人说。什么促销？她问道。是红酒和避孕套，他说着抬起头，看着她。她在柜台另一侧抓住马丁向她伸过来的手，看着他，只有丰年的酒才好，是哪年的？那人没有拿圣弗朗西斯科的安巴托红酒，而是拿起另外一瓶，看了看，说道，这里没注明。她忍不住笑了起来，马丁也笑了，柜台后面的那个人也笑了，二楼上的人也笑起来。

旁白

姑娘的笑：说什么混账话呢？现在该如何表现？

他的笑：没人会敲我脑袋，我还有一万，可以用来买促销商品，我们终于可以上楼了。

那个目光的笑：这些人是哪里来的？丰年的酒？说什么呢？

二楼女人的笑（在恰当的时刻发出的笑声）：我最多再过十分钟就离开这里了（美丽旅馆）。

他们沿着台阶上到15号房间，里面有：

一张双人床

一个洗手台

一面大镜子

没有毛巾

一个衣柜

一扇落地窗，但不朝街道，而是面向内部的走廊，借着灯光看，似乎没有尽头。

把窗帘拉上了，不能因为价格高了一点儿，房间就变成仿佛鱼缸似的，而且满是观众。做爱似乎不可能了，他想，她已经筋疲力尽了。他们躺在床上，熄了灯——他不知该说些什么，而她想到的就是闭上眼睛，他们听到隔壁房间的关门声，之后是高跟鞋的远离声。看来他们并不需要三盒，马丁说道。她没接话，也没笑，没抱着他。亲爱的，他说，他掀开被子，为她脱掉鞋，我明天叫你。她把头靠在他胸前，用手捋捋他的头发，而他还在说，明天我们可以走到市场，去吃包子（他的话像是呓语）。聊天是在这个房间第二好的选择，排在做爱之后。聊天利弊兼而有之（他在聊自己的喜好时，一位女性朋友这么跟他说的）。外面，天开始亮了，一辆车，出租车？喇叭开着，传出胡安·加布里埃尔的歌声：“*我身无分文，一无所有，我有的只是要奉献的爱。*”这里靠近市中心，他们想到历史唯物主义，他们就是如此：马克思说历史（大写的，但是他们身处黄金街区,已五点半了,他们俩的钱也不够买马丁许诺的包子)总是悲剧性地重演,之后是戏剧性地重演。清晨六点了,阳光已洒在皮钦查①的山顶,他们进入戏剧状态(看看有什么结果)。他在表演,说道:你好,我是马丁,能请您跳舞吗?当然,她回答道,拉起他的手:如果你这样爱我,我也爱你,如果你这样,怎么办?我不能爱上你。

一个人不能全然置身事外,大概是老师说的吧!

选自《永久逃离》,2001

① 皮钦查火山是厄瓜多尔的一座活火山,位于基多以西。

加布里埃拉·阿莱曼(Gabriela Alemán, 1968—),生于里约热内卢市。出版的短篇小说集有:《该死的心》(*Maldito corazón*, 1996)、《焦距》(*Zoom*, 1997)和《永久逃离》(*Fuga permanente*, 2001),长篇小说有《身体时间》(*Body Time*, 2003)和《保索·威尔士》(*Pozo Wells*, 2007)。2006年获得古根海姆奖学金,2007年作为拉丁美洲最优秀的青年作家之一入选"波哥大39"。其作品在多家杂志发表。获得新奥尔良杜兰大学授予的电影学和文学博士学位。

面包与肉体

克里斯托瓦尔·萨帕塔

弗瑞尔·巴纳丁:你的承诺……

巴拉巴斯:通奸:那是在别的国家

另外,那淫妇已经死了。

《马耳他的犹太人》第四幕

克里斯托弗·马洛

难道只有在梦中才有不眠之夜拒绝给予我们的情境;也许只有在梦中才能实现那最隐秘且难以启齿的欲望,而这恰恰最好地解释了我们的存在,它如同素描中不可视的线条——隐藏于画面之下——决定着未来成型的画作。它可能是最执着、最异乎寻常的欲望——神秘的,令我们窒息的——促使我们尝试难以想象的事情,带领我们到达清醒时从未领略的地方。

马尔塞罗坚信是哈辛达在梦中策划了那次相遇,而在疯狂的冲动之下又实施了它——当然有同谋,排除残酷而不忠的现实制造的限定条件。而且那天下午,当他们在厨房时,她开玩笑般地说道:“我想我几天前梦到了你。”

大约下午两点半,在母亲的商店里,马尔塞罗难以置信地接到了表妹哈辛达的电话，那个几年来都没有音讯的表妹——但她的形象一直在他的脑海中，而她也常出现在他的梦中，她邀请他去家里喝热巧克力，配刚出炉的面包，并让他去她工作的地方接她。

尽管接到电话时他非常惊讶，但还是很自然地接受了邀请，这二十年来，他绞尽脑汁地想象着再次走进她怀抱的情形，不再是孩童时期的怀抱，而这怀抱在夏日的一天下午张开了。

从他放下电话到回过神来一定过了几秒钟，但这几秒对他来说如同永恒——情感是我们衡量时间的唯一标尺，尽管不精确，它却决定着时间的快慢，时间带来的想象。马尔塞罗在电话旁愣了好一会儿，这黑色贝壳般的怪物带给他的声音既遥远又近在咫尺，既熟悉又陌生；他听到的仿佛是美人鱼的呼唤。

他趁一位顾客进来时，没跟母亲告别，离开商店去往他在市图书馆的办公室。离约定去哈辛达工作的面包房还有两个小时的时间，哈辛达是在她婆婆的眼皮底下干活的。

哈辛达十二岁时，留着及肩的直发，她的头发是栗色的。每当她气喘吁吁地跑到他身边，他都看到她油亮的头发飞舞着。她幸福而快活，总是带给人惊喜，她将手掌慢慢张开，给他看别人让她买的烟和火柴。

见面是在哈辛达家尽头的洗衣房附近，她父亲刚在那里又建了些房子用来出租，那地方总是很热闹。房子在几阶水泥台阶下面，面对着一些临时建起的、用于出租给穷人的阁楼：远房的亲戚、农村来的打官司的人。有些晚上，年轻人聚在那里喝酒，相互偷偷地介绍自己的女朋友，或者在那里跟女仆约会。他们决定今天下午就在那里见面。

马尔塞罗用约定的暗号敲门。巴布罗比哈辛达小两岁，很久才来开门。他看到马尔塞罗显得有点紧张，但看到姐姐开心的面庞，明白一切都好之后，他高兴地举着双手跳着回到床上……

除了这张已摇晃的弹簧床，房间里还摆放着一些老辈留下的旧家具：一张松木小桌——漆面已磨掉了，没有了抽屉，一把曾经是一套家具中的扶手椅，一把已磨坏了的藤椅，一副小窗帘。然而，正是在这堆满褪色的旧家具的地方——如同置身于塞尚的画中，孩子们构建了自己的王国。

巴布罗负责将窗帘拉上，光线暗下来。三个人都坐在床边，哈辛达首先点了支烟，带着分享圣物的情感——自从读到了插图版《白鲸记》①后，马尔塞罗对印第安战斧②一直很向往，烟在他们手上传递；被呛着，害怕，大笑。又点了两支，但第三支吸了一半时，他们感到头晕，喝醉了一般。巴布罗从夹克里掏出几个口香糖分给大家。他们讲着笑话，吹着口香糖，又将它戳破，脸上沾满破碎的口香糖，他们试图用嘴和牙齿将它弄掉。

突然，哈辛达躺在床上，手臂张开。她穿了件T恤、短裤、网球鞋，脖子上戴了根项链。两个人看着她，她饱富盛情的眼睛现在满是迷离，仿佛投降一般。意外发生了：表兄妹间开始接吻，姐弟

---

① 美国作家梅尔维尔发表于1851年的长篇小说。

② 原产于北美，是当地原住民常用的工具，武器上端通常刻有烟碗，用中空手柄吸食烟草。

间开始接吻。

之后他们再也没碰过香烟，这次阁楼经历之后，他们开始探寻对方的身体。此后的游戏只是为了掩人耳目。他们伪装纯真，纯真变为邪恶……他们三人，总是他们三人，不打乱节奏地结束常规游戏后——如同每个动作事先经过演练，而他们则严格执行排练，他们无数次回到那个地方。哈辛达躺在红色的床垫上，脱掉衣服，只剩内裤和项链。她这样暴露着，异常柔弱，完全臣服于马尔塞罗和巴布罗，由他们肆意的目光审视着。她的肉体尚不知何为原罪，因此显示出一种圣洁。

这青春期的身体放置在床上，迎接着表兄和弟弟，她深色的皮肤覆盖着一层金色的绒毛，吸引着贪婪的唇与笨拙的双手，它们要将这天鹅绒般的肌肤点燃。一定是某个动作让弟弟想起了母亲的怀抱，他吸吮着她已微微隆起的乳房；表兄则将手伸向她那柔弱又湿润的地方探寻……

在这样的游戏中，有几次开放而忘我的哈辛达冒出几句话，而这些话长时间地在马尔塞罗的脑海中盘旋，直到有一天，他十五岁时，在自愿献身的女仆那里找到慰藉。哈辛达对他说："我想让你对我做些男人们做的事情。"她说得如此急迫、坚定，他不知该如何回答，只好任由自己的无知支配着。

"但那都是很久远的事情了，而且是在别的地方。"马尔塞罗带着一丝悲痛自言自语道，他坐在又暗又小的办公室的扶手椅中，意识到是在翻译英国文学中的名言，他试图冲淡这苦涩的滋味，以自己的方式结束了这句名言：“从来没有娼妇，如果当时的小女孩已长大，则娼妇还活着！”

在洗手间里，面对着又旧又模糊、镜框已被虫蛀的镜子，他用水整了整头发。下楼时，他又对着电梯里的镜子照了照，沮丧地摸了摸颧骨，那仿佛是漫漫长夜的见证。

外面，下午柔和的阳光疏解了交通，平复了城市的喧嚣。“平静而屹立着的孔班希翁，”他笑着嘟囔。他量着步子走向面包店，如同已演练了多次，他节奏均匀，可以在十分钟内穿过那八个街区，这是迟到一分钟到达目的地所需要的时间。他想避免在路上遇到熟人，在这样一个城市或者说村镇里，穿过一个街区很难不碰到熟人。

马尔塞罗知道哈辛达嫁给了本市著名的机械师的儿子。他记得她的父母在市郊的一家酒店为她举办了婚礼。他去了，是为了看她穿新娘装的样子，为了看她是否着急奔向洞房，为了请她跳舞告诉她他依然爱她，他一刻不停地想她，他的记忆中仍执着地保留着安特雷布恩特斯那些下午的场景。但最终他没请她跳舞，他发觉她那么遥不可及，全身心地讨好着婆家，小心翼翼地扮演着为人妻的角色。

在门口一看到马尔塞罗，柜台后面的哈辛达就冲他招了招手。他走进柜台，也冲她挥挥手，他看到她解开系在腰间的围裙，从她身后的衣架上取下衣服，又拿起放在柜台上的一袋面包。她要离开时，另外两位同伴看着马尔塞罗，不停地笑，之后赶忙站在收银台前的小门那儿，后面有一位年长的妇女变魔术般地飞速织着毛衣。幕布比玫瑰剧院的好用多了，马尔塞罗想到。

面包房走廊两侧摆满了盖着细纱布、装满各式面包的篮子。在这狭长的走廊尽头，他看到哈辛达朝他走来，动作如同慢镜头，她慢慢走近，身上的一切都在摇摆：丝绸衣服的下摆，她的胯部，胸部的晃动在阳光的照耀下映射出飞舞的灰尘和碎屑，而头发也在颧骨和下巴间飘动着。

她来到他身旁，吻了他的面颊，他感觉仿佛看到海市蜃楼或者幻象，他难以置信又诧异地摸了摸头。

哈辛达用汽车载着他回到家，那是一片崭新的住宅区。房子的外观与新贵们的毫无差异，是一幢带有花园和车库、仿西班牙式的小洋楼。

“你随意吧，我去热牛奶。”一进家门，她把包放在沙发上，然后招呼道。

马尔塞罗开始在宽敞迷宫般的大厅里走来走去，前厅、客厅，他停在他朋友的一幅画前。

“你挂着奥尔特加的一幅画！”他大声称赞道。

“是的，我在画廊看到的，非常喜欢。”她在厨房里边回答边将牛奶倒入咖啡壶里。

“你丈夫应该更喜欢教堂式的大门吧。”

“他的品味还没那么糟。”哈辛达回答着走向餐厅，“他是个好人，我想我已爱上他了。”

“刚爱上？”

“你真刻薄。”

“有时候是，当我紧张时。”

“你现在紧张吗？”她收拾着桌子问道，然后让他坐在餐桌主位。

哈辛达坐在他右手边，开始给他倒咖啡。

“那你告诉我为什么在你尊贵的先生巡游之际，你请我来你的豪宅。”

“拜托，”哈辛达笑着说道，“他只是跟女儿去了农庄。”

“这可不是答案。”

“嗯……”她的眼睛突然迷离在朝向厨房的某个地方，“几天前我梦到你了。”

“讲讲。”

“有点像你来面包房时的样子。不同的是在梦中我带着女儿，我牵着她的手走在肮脏的街道上，某个市场边的那些街道。梦里，你先给我打电话，说要来看我……”

“还有吗？”

“别这么好奇。”

“你女儿几岁了？”

“九岁……每半个月的周五我们会去趟农庄。我不是第一次梦到你了，但这次你的形象有点特别，好像多了个光环，如同黄昏的阳光……”

这番表述让马尔塞罗激动不已，他打断了她的话。

“你离开面包店时，我看到你周围有光环。”

“真的？还看到什么了？”她饶有兴趣地问道。

"说不清楚,仿佛你来自一幅画,或者来自遥远的过去……"

"来自安特雷布恩特斯,来自二十多年前……我费了好大劲儿才说服我丈夫,让我一个人留下来。"

"梦的结局呢?"

"我们一起喝了巧克力,然后你就回家了。"她这么答道,像是为了避免过分亲近,"你喜欢这面包吗?"

"很喜欢。"

"你尝尝这个黄桃果酱,味道好极了。"

哈辛达切了一片面包,抹上果酱,递到马尔塞罗嘴边。他咬了一口,看到她张开着的富有激情的唇已靠近。他捧着她的头,开始吻她,越来越急于用舌头探索那温热的口,那混合着巧克力和果酱味道的嘴。他们站了起来,他慢慢将她带到沙发处,他们躺倒继续吻着……

他拉着她的手走向通往卧室的楼梯。他们进到卧室,哈辛达倚在卧室门口。马尔塞罗看到她衣服下的乳房随着她激动的喘息声伤心颤动着;他靠近她,开始脱她的衣服。当他解开文胸的挂钩后,小麦色的圆润乳房——被俘获在内衣里的乳房——如同弹簧般地跳了出来,急切地寻找发现它并抓住它的双手。在哈辛达的帮助下,衣服滑到了脚下,他看到她完美的双腿,完美的曲线,白色的内裤更衬托出她美丽的身体。他将手伸向她的两腿间,她张开双腿,他的手进入了丝绸下那湿润神秘之处。

他将她放在床上,他站在床边,看着她同时不慌不忙地脱着衣服。他扑倒在她身上,将她的内裤一侧褪下,另一侧还挂在腿上。就像他多次做过的那样，他将她的双腿分开，让他朝思暮想的神秘之处暴露在他眼前：那神秘的玫瑰。他缓缓地将生殖器插入。他徒劳地试图控制自己，但哈辛达的娇吟声让他热血沸腾，他将她翻转过来，在她体内猛烈地抽动着，他看到她后脑勺的颤抖，看到她的唾液浸湿了枕头。高潮前，他将生殖器拔出，而她顺势将它含在口中。

他率先打破了那几分钟温柔的寂静。

“自从那天下午在你父亲的庄园后，我常梦到你，渴望你，想到你我就很开心。”他躺在她身边表白着，声音因疲劳而时断时续。

“我从未想到会这样，我有时梦到你，但你的脸已开始模糊不清了……”

“有时我喝醉时，我对一位朋友吐露心声：‘我成为那么多人的男人，但却从不是我挚爱的女人哈辛达·艾莱拉的男人。’”

她依偎在他怀中，起身，吻他。

马尔塞罗执意要在她身旁过夜，但哈辛达想让他离开，她笃定地对他说她丈夫第二天一大早就会回来。他们深情地吻别，那是带着离别的伤痛而又甜美的吻，而当他们意识到这很可能是永别时，那伤痛便弥漫开来。他们默默无语地告别，尽管他原本想谢谢她，想告诉她这次相遇使他的生命有了意义，使他的人生更加完美，而且是一种对称美。

离家两个街区的地方，他打了一辆出租车。坐在后排，告诉司机地址后，他点了支烟。夜深了，透过车窗，他看到黑暗中空荡荡的城市。此时，另外一幅画面缓慢地、下意识地呈现在他脑海中，那个遥远的下午，在安特雷布恩特斯附近的树林中，他和哈辛达在一起的倒数第二个下午……

那是炎热的八月份，收获的季节。如同往常一样，他们躲开家人，到附近的桉树林里玩耍。他们喜欢踩在干枯的树叶上，听着脚下发出的噼啪声，踢倒已萌发的鲜花，呼吸着清新的树木，一切都很美好。走进树林中，哈辛达提议玩他们已经玩过一次的游戏：公主被刁民掳去，丈夫前去救驾。在分配角色的抽签中，马尔塞罗作弊抽到刁民的角色，小巴布罗饰演配偶。

没有其他道具，几根别在腰间的芦苇充当佩剑。表演更像是哑剧，但他们尽量演得逼真。在公主被挟持到洞里后，公主要反抗和惊恐地尖叫，面对恶人，王子拔出佩剑，不停地咒骂着从迪克·特尔宾[①]儿童画报里学到的脏话："你的末日到了！"他一拔出那易断的宝剑就喊道："我要杀了你！"在搏斗中，他不停地喊。公主在一棵大树下捂着脸不是佯装害怕决斗，而是害怕被王子的脏话逗得忍不住笑出声来。最后，正如事先商定的剧情，王子肩部受伤，战败倒地。他痛苦地看着劫匪将公主带走，只能叫喊："我要吊死你，无耻的家伙！"公主已不再抵抗，跟随着劫匪的脚步离开了。

当已将王子甩在身后时，劫匪开始寻找藏身之处。在河边，他找到一处安全的避难所，进去后，他将公主放在草地上，吻了

---

① 十八世纪著名的英国公路劫匪。

她，那是一个如同孩子们的蜻蜓点水似的吻。公主自觉地解开衣衫，他们相互接吻，贪婪地、急切地吻着，仿佛在跟时间赛跑，他们相互抚摸着对方柔弱光滑的性器官。脚本上可没这些，他们像一对情人演员身处舞台之后，占有着对方。受辱的丈夫觉得更加屈辱，他已悄无声息地找到这里，躲在灌木丛后面，震惊、愤怒地看到自己的老婆向恶人献身。突然，巴布罗觉得他们背叛了作为兄弟和表兄的角色，使他这个丈夫的角色受辱。在逃离现场之前，他叫了出来——那是一种时断时续的低沉叫声，那叫声来自受伤的爱和破碎的心。受到叫声的惊吓，两个人赶紧穿好衣服。马尔塞罗探出头去，看到巴布罗向庄园的方向跑去。

他们提心吊胆地回到农庄，一看到他们，哈辛达的母亲就离开聚在一起的妇女，朝哈辛达走来，哈辛达并不躲避。母亲拽着她的头发，将她拖到一个偏远的房间。将女儿关起来后，她咆哮着来到院子里，完全失态了，头发凌乱，愤怒得如同是要消灭敌人的女斗士，她用责备并带着怒火的目光看着侄子。看到这样的目光，马尔塞罗石头般地立在院子中央，他只看到巴布罗坐在剥玉米的女人们中，默默地看着他们的受罚仪式。巴布罗实现了自己战败倒地后抛出的誓言，他吊死了恶人。

第二天一大早，马尔塞罗乘坐第一班汽车，被送回父母在孔班希翁的家中。

当出租车驶近万圣教堂时，教堂的钟声已敲响。马尔塞罗回过头，借着车灯，看到铜钟在黑夜中摇晃，他从未觉得这如此美丽，这12点的钟声如此悠扬。

于伊比利亚广场，1998

选自《面包与肉体》，2007

克里斯托瓦尔·萨帕塔(Cristóbal Zapata, 1968—),生于古安卡市。出版的诗集有《身体的王冠》(*Corona de cuerpos*, 1992)、《瘦身》(*Te perderá la carne*, 1999)、《深夜》(*Baja noche*, 2000)、《没有驶往莱斯沃斯岛的船》(*No hay naves para Lesbos*, 2004)、《沙子花园》(*Jardín de arena*, 2009)和《无花果蜜》(*La miel de la higuera*, 2012);短篇小说集《面包与肉体》(*El pan y la carne*),获得2007年基多市华金·加列戈斯·拉腊短篇小说文学奖。负责编辑的书籍有乌伊洛·洛阿雷斯(Huilo Ruales)的故事集《禁城故事》(*Historias de la ciudad prohibida*, 1997),罗伊·希古恩萨(Roy Sigüenza)的诗集《其他地方》(*Abrazadero y otros lugares*, 2006),阿尔弗莱德·巴莱哈·迭斯康赛克(Alfredo Pareja Diezcanseco)的长篇小说《米格尔·德·圣地亚哥的生活与传奇》(*Vida y leyenda de Miguel de Santiago*, 2010),恩内斯托·洛佩斯·迪耶斯(Ernesto López Diez)的诗集《水晶宫》(*El palacio de Cristal*, 2012)。

Ⅲ
难以捉摸的心

我不停地追逐女人，
在梦中，在童年，
想象中的女人，
如同桅杆般高贵，
如同先知的预言般的热情。

……

然而，爱情，
难以捉摸，
像风一般飘过！
拂动植物，
爱已无影无踪，
忘记却永恒。

《难以捉摸的爱》
埃弗拉因·哈拉·伊德罗沃

病魔的蔓延

阿布东·乌比迪亚

“我才十九岁,我不想死。”姑娘说道。

大师再次观察她的手掌,如同看未知世界的地图。手很完美。生命线和智慧线共同勾勒出平滑而泛点儿紫色的火星原野,另一侧,是金星的高山,柔软粉嫩,高高隆起。

“没那么容易死。”大师说道。

在多次沉默、不肯说出秘密之后,姑娘终于吐露心声,跟他讲述了那个将疾病传染给她的外地人。那是个忧郁的年轻人。他常站在吧台的一头,沉溺在昏暗的朗姆酒中,仿佛追随着内心那遥远而难以捉摸的节奏,跟塞莱丽博酒吧喧嚣的氛围格格不入,尤其是那块半地下用作迪厅的地方,它是石砌的墙壁,灯光昏暗,气氛热烈。

他一直这样:在酒吧昏黄的灯光下出神,笼罩在烟雾和他特有的光环下。有时他会默默地跟某位姑娘跳支舞。大家纷纷议论他,谈论他的孤独,他的夜生活,谈论着他深夜跟不同的姑娘或小伙儿离开。

就这样,日复一日。

突然有一晚,她被选中了。她是跟同一群朋友去的迪厅,穿着宽大的衣服,名牌鞋,带着高贵的存在感:突然,那个奇怪的家伙出现了,并将她俘获。吸引她的并非他的舞姿,也不是他肆意挥霍的无限活力,而是恐惧。他的双眼闪现出某种野性,他是别人,是未知的。如果说那时她还不知道,但她预感到了。那个男人受了致命的伤害。死亡在他的双眼中唱着蛊惑的歌曲。这样他们有了第一次。

女孩沉默了,之前百思不得其解的大师默默起身,走到绿色的柜子边,拿出一块黑曜石、一个蓝色小玻璃瓶和两个辟邪之物。

"他知道自己的病吗?"他问道。

"知道。"她答道。

无须更多的描述大师就能想象他如同陨落的天使,执着地为即将消逝的生命寻找新的价值:传播他的疾病,扩大他的族群,以此来对抗孤独,他如同当代的吸血鬼,如同各个时代的吸血鬼。

"你怎么知道的?"他问道。

"他离开这座城市前给我留了封信。"女孩答道。

大师沉默了。最后他鼓起勇气,迟疑着提出一个可忽略的问题:

"有医生诊断你被传染了吗?"

"没有,但我知道。"

大师也知道。他知道她一直明白,即使在读那封信之前。他想到当人情感脆弱时,容易混淆爱情与死亡,很容易将其中的一个视作庇护的摇篮。

他让女孩脱掉衣服,躺在黄色花缎的窄床上,开始为她净身。她眼睛半闭着躺在那里，身体从各种邪恶的品牌中解脱出来，她完全沉浸在那缓缓说出的咒语中，沉浸在蜜渍黑烟的烟雾中。渐渐地她的心跳放缓。渐渐地，大师觉得她就是他的了。她相信他说的一切，这是她需要的救赎和遗忘。大师看着她的身体，不再解读她身体的其他秘密，他想起了自己曾多次解读那些年轻的身体，忍受着欲望的炙烤和体内的躁动。

"把衣服穿上吧，孩子。"他低声说道。

这时大师感到在他和这个女孩之间已编织起一种神圣的情结。这种情结在他多年探究神秘未知的领域之后，第一次让他感到害怕。

"您觉得这对我有用吗？"离开前，女孩问道。

"一切都取决于你的信仰。"大师回答，同时做了个拒绝接受这次治疗费用的手势。但他的声音却传递不出任何信仰。

他走到柜子旁，从抽屉里取出一个金色的、挂在金色链子上的护身符。

"这也不收费吗？"她问道。

"不收费，但你一定要继续治疗。"他嘟囔着说，眼睛看着地板。这是他第一次不收咨询费。

他看着她从画着黄道图案的玻璃门出去。这时他才开始接待在诊室外候诊厅里等待的人们。

一直以来，这个候诊室里浓缩着世界上各种各样的痛苦，人们希望在他这里找到精神寄托，找到对抗令人绝望的疾病的最后机会。天天如此。

他再次看了一下排队的人们,那些因玻璃门的折射而显得面色灰暗的人们。

他感到疲惫而孤独。

然而,如同什么都没发生一样,他尽力接待他的患者。

他从事这个行当已有多年。选择这个纯属偶然,是为了对抗空虚,是他摆脱贫困和令他窒息的办公室工作唯一可行的办法。开始时纯粹是跟病人闲聊,渐渐地,闲聊变成了他越发坚定的宗教信仰。一天,他甚至想出了一套庄严的仪式,无异于黑弥撒的仪式。他在灵魂深处呼唤那些隐秘的力量,据古籍记载,这些神秘的力量操控着世界,如同悖论一般,在科技如此发达的这个伟大世纪之末,这种暗力量却又风行起来。

也许乞求者对他的盲从是因为将他视为最后的救命稻草;也许他们将命运交给他赐予了他力量;他从中感到自身的价值与重要性,也许这是他将其视为毕生事业的原因,这使他找到它的意义和生存的价值;总之,大师最终坚信自己神秘的超能力,尤其是在看手相、预言及治疗能力上。

有一段时间他认为自己是幸福的。

但时光飞逝。

时间带给他疲惫与空虚。

一段时间以来,他觉得日复一日,年复一年,如同通往未来的大门突然对他关闭了。

现在仿佛置身一座环形迷宫,没有通向未来的可能。

大师觉得自己如同一位老神父,失去了上帝的眷顾。

或者说他如同一位已找不到自己医术价值的医生。

大师丧失了信仰。

积极面向未来或消极诅咒不幸都是信仰所致。

他不可能救活这个女孩。他的咒语不可能在这个年轻的躯体上起作用,不可能将她从这个令全世界都束手无策的病魔中解救出来。

疾病并非新的,而患者都是带着老毛病的新面孔。

大师拿起他那写满名言的小册子,他不知天高地厚地将它们称为“名言”,他写道:

“只要死亡存在,病魔就一定存在。问题不是病魔,问题是死亡。”他会在广播台读这句话。

女孩的裸体,那光滑的私密之处折磨着他,勾起隐藏在他内心的莫名欲望,激起他神往与恐惧交织的情感,此外,他对她产生了格外的柔情与怜悯。

最后一位患者离开后,大师蜷缩在那几乎散了架的椅子上,椅子就在小窗户边。天色已晚,大街上的灯光多角度地照亮着城市:紫色、蓝色、黄色,非常明亮;居民楼的灯光穿梭闪烁在写字楼间。酒店上方,依然是那不可或缺的一团迷雾,它被灯光映衬着,将居民楼遮蔽得若隐若现。这是大师熟悉的下班前的景色。他对此已视而不见,仅让空洞的目光缓缓扫过城市的每个角落,直到已无计可施,任由那莫名的冲动将他带回家,带回到他妻子和孩子们身边,他又恢复到往日的神情。

饭后,照常困倦,但觉睡得越来越少。他已习惯半夜两点半起床，赶去电台做节目，宣传他的诊所，回答听众来信：一大批不眠之人等候他的回答如同夜鸟在黑暗中捕食。

他来到候诊室，坐在裹着塑料的椅子上，从另一侧看着玻璃门上的黄道图案。

他异常疲惫忧郁，仿佛他也是自己的患者。

不同的是在门那边的空寂诊室里，没有人能够帮他。

他起身，如同往常一样手脚并用地推开玻璃门，坐到那把窗户对面的旧椅子上。

他陷入对预言的冥想，决定尝试破解自己的未来，弄清那个生病的女孩在他生命中所扮演的角色。

他按照常规程序开始了，尽管现在不必再看手相，不必从纸牌上找那些不可靠的信息，尽管到处都有对这些内容的解释，但仍然不可信。

但是，可以解读吗？大师努力调整心态，重拾信心。如果不能解读那隐藏在神秘之处的未来，他还要忍受何种的孤独啊?!

他闭上双眼，开始在意识深处探寻。

首先，应小心翼翼地靠近那神秘莫测之处，凭借极少的准则和直觉去破解透明文字，他正是基于此而做出各种预言。其余的都是凭借想象、根据患者的需求进行的发挥；他摸索着讲，观察患者对某句富有冲击力的话语所做出的反应，如身体或面部肌肉不易察觉的痉挛（那触及心灵深处的痛苦或恐惧）；他也根据自己掌握的知识和心灵感应——他可以敏感地捕捉到一丝一毫的情绪和思想变化——来重塑那想象的人生，那正是别人渴望了解的未知人生,他们需要这些,需要指引,需要为人生赋予价值,而这说到底是一场无序的游戏。

其他的则是为这幅神奇的画作添加几笔色彩,添加人所共有的羞耻与恐惧:与性和死亡相关的小事。

这就是他预言的基本策略。

但这次,大师证实这对预言自己的命运没有用。

寂静的诊所已被黑暗笼罩,大师叹了口气:

"来吧,死神。"

他被自己的话吓了一跳。他背对着窗户,头转向四周看了看,仿佛在这漆黑一团中寻觅某种奇怪的信息。诊所,在此时的夜晚,如同黑魆魆的深渊,只有玻璃门上那黄道图案借着城市的灯光依稀可见。

"来吧,死神。"他再次呼唤。

他的声音在寂静的房间里回荡。城市也仿佛被催眠,一片寂静。他坐到椅子上,椅子因生锈的铁钉和连接处的松散而发出吱吱声。他就这样让它响着以掩盖他沉重的喘息声。

"来吧,死神。"他第三次说道。

他感到它来了。他看到在黄凳子上方有模糊的一团,越来越黑,城市的灯光也不能将它驱散。

"我来了。"死神说道。

"我呼唤你好多次了。"大师说。

"我来过,但你不想见到我。"

"也许。"大师回答说。

一阵沉默。

“你想死?”他问。

“可能是活着太没劲了。”

“如果你想死,告诉我一声就行。”

“我还不确定,所以呼唤你。现在有可能了。”

“对于那个女孩,事实上你不清楚她是否被传染了。”

“但我知道这对我并不重要,我现在就想要她,跟她一起毁灭。”

“你老了,分不清欲望与恐惧。”

“我无所畏惧,我跟你像老朋友一样聊天,恰恰证实了这一点。”

“你以为我不知道?你好好想想,回忆一下。”

“是的,之前我恨你,是一种恐惧与厌恶混合的情绪,但现在不是了。”

“那你还等什么呢?跟我来,我现在就能让你的心跳停止。”

“我想先知道那女孩到底有没有被传染上,告诉我,你会带走她吗?”

“我不会告诉你的,这是你的赌注,你要冒的风险。当然,你会利用你拙劣的技巧博得那姑娘的欢心。”

“现在我想说的是你披上了肉体,但对我已不重要了。”

“那是你的赌注。”

说着,死神做了一个告别的手势,然后消散在诊室的黑暗中。

大师站起来,打开灯,拿起他的公文包,关灯,锁上门,开始下楼。他停了一下,掏出他的本子,又在上面记下了一句他的名言:

“应对心灵的空虚有两种办法:性和死亡。”他把这句话读了几遍,他要在凌晨的广播中播出。他想到另外一个办法,但如果加进去的话会影响那句话的震撼力。他又下了两级台阶,再次停下,写道:“另外的办法是:写名人名言。”

选自《短篇小说选集》,1993

阿布东·乌比迪亚(Abdón Ubidia, 1944—),生于基多市,小说家。他以创作城市题材的小说为主,如已再版二十四次的小说《冬季的城市》(*Ciudad de invierno*, 1979)、《狼之梦》(*Sueño de lobos*, 1986)以及《洞穴》(*La madriguera*, 2004),以上作品均获得了重要的文学奖项。他也创作多篇奇幻短篇小说:《有趣的发明》(*Divertinventos*, 1989)、《镜子宫殿》(*El palacio de los espejos*, 1996)以及《人类的等级》(*La escala humana*, 2008);散文作品有《民间故事》(*El cuento popular*, 1977)、《所指对象》(*Referentes*, 2000)、《读者,信念与忏悔》(*Lectores, credo y confesiones*, 2006)、《书籍的欢庆》(*Celebración de los libros*, 2007)和《邂逅爱情》(*La aventura amorosa*, 2011);戏剧作品有《告别二十世纪》(*Adiós siglo XX*)。多部作品被译成英语、俄语、意大利语和希腊语等。2012年获得埃乌赫尼奥·艾斯贝霍国家文学奖,这是厄瓜多尔颁发给作品的最高奖项。

天空一角的草鹭

劳尔·塞拉诺·桑切斯

（一）

克劳迪奥只是希望长时间地寻找美腿能有所回报，在你们一起喝咖啡时，他总跟你讲这些，那是在新整修的市中心、在他认为有洞察力的酒吧里。我记得曾听他说过，如果能找到他多年来梦寐以求的美腿，他的生活将彻底改变，再不会充斥着撕碎的信件，再不会在旅馆里过夜只是又证实了对女人不可有丝毫的信任，我发誓，连她们的呼吸也不能相信。而且，巫婆（据他说，那是能让他幸福的那双美腿的主人）也没有理由再抱怨什么了。

那天清晨（如同接下来的几个晚上一样），他拒绝讲述他以前碰上美腿的经历；他不想讲述那些不期而遇的过往——他的沉默——那些邂逅消逝在他的脸上，消逝在他的无言中，成为他的致命弱点。他也不评论那次牢狱之灾，他在牢房里来回走动，如同一只猫，鄙视着白天，鄙视着在近处和远处看着他的人们，他只想着克劳迪奥对这个城市、对全世界女人的双腿所做过的事情和要做的事情，因为对他而言，在那里只不过是如同在一艘永远无法到达彼岸的船上。

（二）

周六一大早克劳迪奥就睁开蒙胧的双眼，打听腿和其他一些你不知道的事情，他执着地一直问，而你不知如何回答。他来回转圈，如同困兽，不停地看着窗外，搓着双手，咳嗽，出汗；克劳迪奥是一只湿漉漉的动物，就像清晨把你从床上叫起来，向你展示它的猎物一样。你用惯常的方式安慰他，但他惊吓过度，停不下来，无法解释他满是血泪的双眼（这是他展示给你的），仿佛是他的幸运双腿在一次针灸的狂欢中嵌入他的体内。突然，他的幸福破灭，被践踏。但并非如此，他装作已痊愈，他寻找那散了架的沙发，慢慢沉入沙发中，口中发出一两个含糊不清的词语，如同模糊不清只能照到影子的镜子，那些影子仿佛是罪行的见证者，鱼贯而入，又像是巫婆在地下室和城市墓地里实施的报复行动，此时迷雾如同毒品，将行人变为梦游者。克劳迪奥顾左右而言他，或者说他为不想犯、不想看到的错误而道歉，但证人已无能为力；当你看到他那么遥远你就这么想，就想大喊，喊出他的幸福或错误，那错误在你看来仅是误解而已。

（三）

上班前，克劳迪奥千百次地叮嘱你应该照顾好那个叫作“宾客”的人，给我做出了应严格遵守的指示，不能忽略或遗忘任何细节，你明白吗？正如他坐下来往身上涂油那样，不放过任何一处，免得臭味将他熏倒。你应该执行他的命令，以免伤及他的幸福，他不应再去那些外国女人光顾的旅馆，而你按照克劳迪奥的喜好和指示给她们的腿拍照，只有在那里他才打开话匣子，详细描述，品味每句话的滋味，那些话语像秃鹫一样飞向空中，之后又返回吞噬他的舌头，将他抛弃在旅馆中沉默无语。他喜欢住在那些旅馆中，因为他坚信那就是天堂的一部分，就是克劳迪奥跟女人们提及的天堂（他说那是个奇迹，话语魔幻般地从他的口中飞出），他努力说服她们严格执行他的指示，不要夜晚出门谋生，在这个城市他曾有过幸福（克劳迪奥不喜欢回忆过去），哪怕是在还没有找到巫婆和他不会为此微笑的美腿前。你听他的，免得引起麻烦，也好让他把部分的夜晚或凌晨与你分享，没关系，那些奔波在大街小巷疲惫的腿，那些忍受烟气、朗姆酒、口水等臭气抚触的美腿，他在酒店的门口遇到了他的守护天使，多年来克劳迪奥已在那里策划破解巫婆妖术的方式，就是那个曾向他发誓说什么都不会留在遗忘中的巫婆，他尽力找到那个女人，她的腿可以给他想要的东西，那是巫婆曾不断承诺给他的东西。

不仅腿的芬芳伴随着他（浓烈的芬芳，尽管克劳迪奥断言一切都是过眼云烟），而且腿就在他的床边（这样他确保她不会逃跑），丢掉就是全部损失：夜晚不再似从前，我上床后都不能看墨西哥电影和图片杂志，也不再看电视，什么都不干，因为克劳迪奥一到，和谐的氛围就破碎了，他疯狂的脚步声自上而下地响起，他的叹息声很响，好像他受尽折磨，或者魔鬼正在挖他的内脏和舌头；他的叹息声比野兽的还凄厉，那时你犹豫是否要破门而出去救他，是否应该把这个房间还给他，是否应把那一切都给他，他一直做的那些事情，为了避免在一无所获的狩猎中或在巫婆的阴影下感到无聊而做的事情（巫婆的名字他一直保密）；这让他感到如此幸福，你不知道是否应该给他不愿意讲述的腿致命一击，然后逃离，在你成为他的同谋之前，他连名字都不愿意向你提及。也许正因为如此，他选择了沉默，至少这样可以避免威胁或其他如洪水般突如其来的事情将他裹挟走，让我都没时间见到他或想象他的身份：凶手，那些不留痕迹的凶手，或者让侦探菲利普·马罗[①]都疑惑的凶手。

（四）

克劳迪奥从前一直是个好人。虽然我们不是一类人，但我们一直相处得不错。当然，这不让他烦心，从我们决定同租一套房开始，他就表现得非常好。自从他的巫婆将他抛弃，他就任由命运摆布，致力于收集腿的各种照片（因此我们走到一起）。在这个世界上，你很难碰到不带任何目的与你交往的人、守法之人、灵魂干净的人，灵魂不被人变成阴沟也实在不易。因此，当他敢于辱骂你时，你想到幸福已将他腐蚀，但糟糕的是你现在成为他的敌

① 作家雷蒙·钱德勒笔下的侦探。

人，是他的竞争对手，竞争那原本只属于他的天堂和属于他的腿，腿的气味被环境中的臭气污染着，被向亚马孙河两岸唱诵“哈瑞奎师那”的姑娘们购买的薰香掩饰着，香浴、来自阿拉伯半岛的香草，无论用什么，都无法抹去你认为别人能闻到的气味；而臭气如瘟疫般蔓延，像巫婆的阴影，或者说克劳迪奥用怀疑玩味着部分尸体。你迟疑着，问那怎么到他手中的，因为不能继续下去了，白天睡得如同土拨鼠，晚上出来闹腾（克劳迪奥断定那是老鼠），丝毫不在意邻居们在休息，而邻居们开始抱怨制造的噪音和那些从夜幕下传来的尖叫声，糟糕的是克劳迪奥懒得解释这一切，是他制造的，还是那些女人们的游戏，自从他的巫婆凋谢后，他一直致力寻找属于他的眼神和美腿的女人们。那段他独处的日子不堪回首，那时他发誓无论多么艰难一定要收集到最别致的长腿。你不知道他是否实现了这一目标；也许他正在实现的路途中，剥夺一位女性的腿并非易事，克劳迪奥跟他的女巫一样，比任何人都清楚这一点。

（五）

突然，那腿原来是歌舞厅一位舞女的（克劳迪奥在门口跟她们打过交道）；也许正因为如此，它才这样欢快；他想给它提供住处，因为它是赤裸的，沾满雨水和泥污的——他的女巫也是如此——那泥污多得跟他的生活一样。在他多年梦想之后，这条腿的到来如同上苍赐予的礼物，他的喜悦之情溢于言表。他没仔细思考这是否是犯罪的结果，是否是在旅馆里已复仇的结果，那是丈夫发现妻子在一个荣耀的周六下午，大汗淋漓地赤裸在他最仇恨的对手面前的结果。他将它带来因为它十分完美，正如他多年来期待的那样，你多年来保留了大量克劳迪奥的照片，照片上的克劳迪奥脸色难看，那是因为他暗自决定受到他人嘲笑而感到难堪，但这样至少不那么孤单，不那么反叛。回到他工作的旅馆（他痴迷于那些破落的旅馆，因为它们在市中心显得那么拥挤不堪），他唯一带来的就是突如其来的噩梦，面对你给他准备的咖啡，他这么讲述，面对电视他也是如此，他看着电视播放的电影中女演员的腿，克劳迪奥闭着眼睛抚摸着，那没有巫婆的遥远回忆变得清澈，仿佛是不想放弃重生的凤凰，飞过地狱的藩篱，克劳迪奥对地狱佯装不知，讲述着它可能的主人：那是一位舞女，他如同慢镜头缓缓地对你说道，在奇迹一刻，她穿着红色高跟鞋，如同巴黎的舞女，或妓院里的女人，他曾许诺带你去妓院，因为要抓拍愕然的表情，没有比妓院更合适的地方了。

舞者？即使他觉得不太有趣，也没什么好警觉的，因为他跟她们相处得不那么融洽，他的不幸就是因为这么一位在舞台上光鲜照人、遥不可及的舞者；你又在梦中碰到的、在你想举白旗的战争中（克劳迪奥说他曾试图向巫婆这样）碰到的那些跳舞之人对你，都如同缘木求鱼。

（六）

我怀疑在梦中这件事一下子将克劳迪奥变为奴隶。当他傻子般地出现时，你想立即向警察告发他，警察立即执行，并使报纸上血淋淋的新闻栏目扩充了不少版面。你知道不应该背叛他，许多事情很沉重，另外他那么信任你，你这么做，他会自杀的。突然，他因自己犯错而马失前蹄，或者因为“宾客”需要他更多的宠爱与照顾，这样就不会再想起她原来的主人；总之，没人知道他如何对待她，给她怎样的生活，怎样的脸色，如果腿没有想她，是因为跟着克劳迪奥她不仅满意，而且觉得实现了自我价值。当然，对你的朋友而言，获得幸福不是穿着红色高跟鞋的腿的问题，这种形象令大家迷惑，你这么说是因为舞者的腿不像克劳迪奥说的那么精致诱人，为了她，克劳迪奥可以编造过去的一切，曾经的辉煌（正如他当年为巫婆做的那样），这样没人能了解真相，不知道那些天发生了什么，那些天，他看到刻薄的言语流露出的鄙视顺着血流而下，他目瞪口呆，正如我那天早上在公园里碰到他时一样，他应该是在等某位女士的到来（突然巫婆答应他要回来），那位女士的名字很怪异，不可能是名字，有这样名字的女人只能半夜在大街上，碰到一个人如同呼唤上帝那么困难，上帝不清楚你在做什么。难道不是吗？

（七）

你坚信总有一刻克劳迪奥会对腿厌倦的，晚上腿对他着魔般地要求着。那可怜的家伙已瘦得如同吸管；像幽灵似的在房间游荡，似乎已不能呕吐，不能说出让他脱形的原因。我这么想是因为提到腿时，他已不像最初讲他的理论时那么富有激情，那些理论就是像玛琳·黛德丽[①]或者他的巫婆（他多次在二十四小时妓院中见到她）一样长着一双完美的腿的女人都是独一无二的。这可怜的家伙已不再在意自己的命运（你应该确认是否如此，是否这些仅是猜测，而这些怀疑将永远无法澄清）。从那时起，他就不再在意自己，不刮胡子，不再穿那三件套，而不久前，他穿起来还像个英国绅士似的。你不知道他在逃避什么，也许是在逃避一个有点像巫婆的瘸腿女人，巫婆手持尖刀，出现在他记忆中和城市中的各个角落，想一只一只地剜下他的眼睛，割掉他的耳朵，以索取他所欠她的，报复他对她做的一切；那女人的面容难以描述，类似前舞者，那个在爱抚之时把她抛弃在旅馆房间的人，让他和他的关于腿的理论和解释待在一起；很可能，克劳迪奥忘了周五的鲜花，鲜花是每日必备的柔情，这样美女才允许——远远的，不能离近——他用满是眼屎的眼睛抚触她的腿，那眼睛让他变成一

① 玛琳·黛德丽（1901—1992），德国歌手、演员，代表作包括电影《蓝天使》和《摩洛哥》等。

个逃离他人目光和嘲讽的怪物，使他在夜晚陷入蜘蛛网般的迷乱，仿佛碰到身体的一部分是神迹显现，或者是一种可疑的迹象，而面对这种怀疑，克劳迪奥无言以对，巫婆（你有几次想认识她）再也不相信他的无辜，尽管在夜晚的某个时刻，拐杖在走廊或台阶上的敲击声使克劳迪奥想让你丢掉那些照片、雕像、所有的梦想和类似腿的东西，尽管他丢弃诅咒它们，用床单或报纸把它们包裹，但最终又将它们放进他的房间，就像那晚他洋溢着幸福叫醒你，不断地说着上帝终于听到了他的祈祷。

2003年6月于基多

选自《幻想目录》，2006

劳尔·塞拉诺·桑切斯(Raúl Serrano Sánchez, 1962—),生于阿莱尼亚斯市。本科毕业于厄瓜多尔中央大学社会学系,硕士毕业于西蒙·玻利瓦尔安第斯大学西班牙语文学系。爱斯科文学出版社出版委员会成员,文学杂志《奇普思》编辑。发表的短篇小说有《小日子》(*Los días enanos*, 1990)、《为我疯狂的女人们》(*Las mujeres están locas por mí* , 1997)和《幻想目录》(*Catálogo de ilusiones*, 2006)。2002年他编辑了《佩德罗·豪尔赫·贝拉:那些朋友和那些年》(*Pedro Jorge Vera: Los amigos y los años*)和《书信:1930—1980》(*Correspondencia*, 1930-1980)。2009年发表散文《迷失在城市中的作家:乌贝尔托·萨尔瓦多的先锋叙述》(*En la ciudad se ha perdido un novelista: La narrativa de vanguardia de Humberto Salvador*),2012年出版选集《有关J.J.——向胡利奥·哈拉米约·拉乌里多致敬》(*Rondando a J.J.Tributo a Julio Jaramillo Laurido*)。

新小说

卡洛琳娜·安德拉德

您想象一下,一位女子漫不经心地在市中心走着,想象得出吗?好吧,距她二十米处,一位男子,您可以把他想象成穿着黑衣服,明白吗?他尾随着她,眼睛盯着她的后背;当女子停下时,男子便藏在大树、汽车或行人后面。之后,两人又走了起来。如果您富有音乐想象力,这时可以响起悬疑音乐。现在,她到了一个街角处,回头看了看,而男子迅速装作在看橱窗。他们之间有着无形的但又很引人注目的联系,您觉得可笑吧?

前面走着的女子不年轻也不漂亮,但当我选择跟她坐在一起的时候,她是在酒吧里唯一一个没有伴的女子。她突然向我走来,带着自信又并非调情的样子。我暗自惊讶,不知是否应注意她。如果我说我对她没有好奇心,那是撒谎,但我也不想找麻烦。我选择了不加评论,而她在继续。

"跟踪别人时,藏在电线杆后面十分可笑,除非是想被发现。因此,电影一般都这么演,这是为了让观众看清楚谁是跟踪者,离被跟踪人的远近。作为观众,我们觉得被骚扰了,但被跟踪者装作一无所知。"

她的体温应该接近四十度，但不像喝醉的样子。我做出给她敬烟的手势，她仿佛没看见，继续讲着。

“在现实生活中，如果想跟踪成功，最好的做法是跟被跟踪人走在一起，大声跟每个路过的人打招呼，撞他们，如果可能踩他们的脚；总之，做一切必要的事情烦他，让他决定不再理会你。这样监视起来就轻而易举了，被监视人就任由监视者摆布了。”

她不像是个疯子似的老处女，常常光顾酒吧，喝得醉醺醺地回家，确切地说，她是个有魅力的女人。我朝一旁看去，拿起我的酒杯，决定离开那里。我要离开时，一个新的问题缠住了我。

“我发现您了，这让您恼火？”

“对不起，您是说……？”

“我知道您在跟着我，至少跟踪已经开始了，但为什么呢？”

最初，她的话让我觉得自己是狡猾危险的人物；之后，我觉得那么无助而且可笑。

“您不觉得我们在吧台坐在一起仅仅是巧合吗？”我问道，觉得这样很合逻辑。

“请不要感到难堪。不管怎样，您是个聪明人。您跟着来，坐在我身旁，但并不掩饰。”

“我没什么可掩饰的。”

“相反，那个人，在柱子后面的那个人，您看见了吗？”

我使劲看，试图在黑暗中发现她说的那个人。

“没看到。”

“就是手里拿着威士忌的那个人。”

“啊，看到了，但他丝毫没注意到我们。”

“这就是证据。”女子说得很有权威感。

“有趣的理论，像是杜邦[①]、福尔摩斯或者波洛[②]的。”

“那是我的英雄们。”

“我也喜欢他们，他们的小说很有趣。但您的理论，我觉得不对。可能是那个人在跟踪您，但我没有。”

“您所提及的这些侦探中，您最喜欢哪个？”

我们用了一两个小时的时间评论侦探小说。她叫迪安娜，单身，大学老师。

第二天，我在常去的快餐店又碰到了她。两天后，又在我每天早上跑步的公园里碰到了她。之后，在电梯里。如此频繁的碰面证实了她的理论。根据这些理论，我有着捕捉到她的敏锐。就这样，一不小心我就有了一个猎物，并有着老猎手的狂野感觉。

“我不时感到害怕。”在电梯碰到她时她说，“你找到猎物了？你到底想干什么？”

被跟踪者常常在我最意想不到的时候出现在我眼前，一次比一次恐慌，她让我解释我如此执着的原因。我开始找合适的借口：你跟我妈妈长得很像，我想要你的亲笔签名，我从小就爱上了你，我想跟你做爱，你的双腿让我着迷，我希望你能帮我找份工作，你是我心灵的知己，有人雇我杀你。不管我的借口是什么，她

---

① C·奥古斯特·杜邦，爱伦·坡笔下的侦探。

② 赫尔克里·波洛，阿加莎·克里斯蒂笔下的侦探。

永远用生气的语气对我说着同样的话：

“你很清楚，不是这个原因。给我个合理的解释。”

一天下午，我们在市中心酒店的咖啡厅吃午餐。迪安娜看起来非常漂亮，但她确实有些受惊吓，但她依然高傲地面对这一刻。咖啡凉了，她一言不发。她无动于衷，装作心不在焉的样子。尴尬的沉默，只能听到我的欲望。

“我们走吧？”

我付了钱，我拉着她的手一直没有松开，我们到了可以走到的酒店房间，尽情地、空前地纵欲。之后，我们没说太多话。追踪中断了四十八小时。第三天，我接到一个电话：

“我是迪安娜，我投降。你认为我们应该在一起吗？”

“……”

“你在听吗？”

“是，应该在一起。”

我们就是普普通通的一对。我想我们不太幸福。我们害怕彼此，我没有不追踪她的自由。那个问题一直困扰着我们，我们不能视而不见：“为什么你要跟着我？”因为我愿意，我需要你，我在跟人打赌，我无所事事，我钥匙找不到了，我想生孩子，我喜欢闻你的味道，你欠我钱。永远是她无端的猜疑。

“不，不是这个原因。”

选自《杂志与变革》，2003

卡洛琳娜·安德拉德(Carolina Andrade, 1963—　),生于瓜亚基尔市,记者、电视制片人和作家。毕业于瓜亚基尔圣地亚哥天主教大学哲学系,曾任该校社会学系教授。发表过三部短篇小说集:《身后》(*Detrás de sí*, 1994)、《守孝》(*De luto*, 1999)和《杂志与变革》(*Revista y revuelta*, 2003),以及一部长篇小说《脆弱的人们》(*Frágiles*, 2009)。她的多部短篇小说被国内外短篇小说集收录。

火山口

胡安·卡洛斯·莫亚

（一）

一开始梦中的场景是这样的：那天清晨，戴着眼镜的姑娘——她的面容依旧年轻，那是爱——出现在空中，面对着工程师无畏的眼神，在湖边走着。

之后，暴雨倾泻而下，破坏了这景象。雨水毁坏了镜子般的完美情景，一束蓝光快速而有力地腾空而起。

工程师想象着姑娘赤裸着身体在雨中奔跑。寂寞和欲望在梦中依然纠缠着他。

很快，雨停了，洗涤后的天空中冒出几颗闪亮而飘忽不定的星星。

当男人与姑娘相遇时——相互不能逃避——大雾将他们紧紧锁住，她迅速挤出一丝疲倦的微笑。以往，她总是满怀希望，眼睛里闪现着欲望之光。今天，她只是——只剩下——疲倦，那么空虚的女人，已发不出一丝声音了。

工程师呼吸困难，脸色苍白，鼻孔开始冒血。然而，当他的手摸脸时，只有沙子的遗迹。

湖水在火山口里。云雾缭绕的水面如同光洁的美玉。

“你该离开了，”姑娘喊道，“离开这火山口，别往后看。”

“我口渴。”工程师答道，没意识到自己在梦中游荡。

之后，他迷茫地看着她。她看起来生病了，需要吃东西。多年来的沉默已严重地伤害了她的眼神，她痛苦紧闭的唇传递出一种无畏的不安。黑色眼镜后面，姑娘不断地模糊，消失。

在一个小码头附近，一片干枯的芦苇前，工程师被一团浓雾包围，焦急地等待着。他刚要喊，这时听到——陷落在梦的尘埃中——马匹的头颅声。好像有几十匹马疯狂地从火山口冲下，卷起石头，石头像人的头颅一样相互碰撞。这时，他被一只无形的手拎起坐到了马背上。他双脚寻找着马镫，还没握紧缰绳时，马已开始在石头小路上奔跑，它走“之”字形上坡，来到火山口。火山口的一侧，草已燃烧，他觉得自己将被大火吞噬。马在浓烟中嘶叫，慌乱地停在布满石头的山峰上。从那里，透过已风化的地面激起的尘土，工程师看到下面的湖水，激动不已。

马仍在困难地爬坡，在灌木丛和沙子地上更加艰难缓慢地行走，它已精疲力竭。在悬崖旁的每一个转弯处都要停下来休息，喘气。

工程师抬头看见火山喷出的浓雾，徒劳地试图看到路的尽头。这时风拍打着他的胡子，他感到腿下马急促的呼吸：它不断地吸气就像一个要爆炸的热气口袋。吸气停止了，它的双眼突起，腿弯了下去。

看起来，他们只到达了火山口几米开外之处，但已摆脱了火山口周围的污浊空气。

工程师手抚着马的鬃毛，汗水从它的皮毛上流下。这时，在一个隐秘之处，比心脏还深远的隐秘之处，马开始哭泣。那是孩童般的抽泣声，开始因痛苦时断时续，后来是持续的哽咽，充满悲情。

工程师再也无法忍受，在窒息和痛苦中惊醒了。

这已是基多正午的阳光。

又一次。

（二）

他简单地吃了午饭，脑子里回荡着魔鬼的狂叫声，他离开了家。他的家在有两只钟的老教堂旁边，教堂旁还有一块墓地。他背着双肩包，在一个小水果市场和通往南边的隧道交叉处打了辆出租车。

“布里托。”他靠在车后排座位上低声说道，对车窗前略过的悲凉景色毫无兴趣。

几个月以来他夜不能寐。次日，他表情越来越茫然而迷离，卖给他面包、牛奶或报纸的人常常疑惑地接过他颤抖的双手递过来的硬币。

因此，每天上午，他依靠药丸或酒精，带着抑郁和疲惫可以睡两个小时，那是充满噩梦的两小时，他睡在潮湿破旧的窗边床垫上，窗户朝着一块长满野草和满是癞蛤蟆水塘的空地。

出租车在已损毁的沥青路面上颠簸着。到达城南后，奇越卡约的森林被阳光笼罩着。小鸟在高高的桉树上此起彼伏地唱着三重奏，一时打断了他的思绪。

他在工厂旁下了车，再次看到厂房正面那威严的金属牌子，还有铁丝网，铁丝网后面站着一位保安，漫不经心地巡视着，与其说是在观察街道上的情况，不如说他更加全神贯注地吸着烟。

工程师整了整西装外套，用手捋捋凌乱而稀疏的头发。他想起了第一天穿过这道大门的情景，那时他戴着借来的领带和在课桌前度过多年的学生神情，朝质检部门走去，他尽量挺直腰板，尽管他瘦削的双肩已微微勾起。

“我是来上班的。”他说道。

“戴上头盔，这是防护措施。这个应始终套在耳朵上。”

但是每天八小时的工作——周末的加班——逐渐损毁着他的神经。

机器和一种亚洲机械系统水压涡轮机的轰鸣声，质检上司——一位比他年轻二十岁的小伙子——不断对他的侮辱，每天跟同事间的无谓寒暄都毫无缘由地滋生他的恨意，销蚀他的工作热情，使他逐渐变得平庸。

“每个人都在为老婆孩子干活。”他一直这么想。他们盯着鞋看，步履匆匆地往家走，而压在他们身上的影子让他们疲惫不堪。

几个月之后，他成功获得布里托先生（我是头儿，我不喜欢别人反对我的说法）和安德烈斯·帕里奥努埃沃（我是办公室主任，我警告你我可不喜欢你)的痛恨,还有酒厂里那些懒惰无能的小伙子们的痛恨。

生活变得难以忍受,生命转瞬即逝。每次他下班时,外套搭在肩上,抽着烟,他就想到回家的路如同铁轨,而他就像是摇摇晃晃的火车必须沿着铁轨走下去。

因为他至今也搞不明白的缘由,布里托先生对他的恨时刻追随着他,工厂对他的鄙视让他颜面扫地。下雨时,在下班前,他会在工厂的院子里淋会儿雨,带着无尽的悲伤看着铁丝网,仿佛那是他命运的蜘蛛网。

“这不是份工作,是他们合谋侮辱我,就像要踩死一只虫子似的踩死我。”那段时间他常常这么嘟囔着,黑暗中他回到家,躺在床垫上,以黑暗中印在窗户上的画面为伴。

一天上午,他戴着手套,径直朝布里托的办公室走去——一个身材不高的小伙子,脸上挂着对他不信任的表情,额头上有着深深的抬头纹,任由胡子在下巴上生长,围在干裂的嘴边——他打了他,将他的颧骨都打断了。

“狗腿子。”工程师喊道,然后走了。

他立即被解雇了,没有任何补偿或社会保险。几天后,他听说布里托说他因为在管理部门偷盗而被开除。

从那日起,厄运就像一把插入他背后的尖刀。他先后干了几个工作:卑微的,低薪的,大部分都是临时性的。

工程师开始相信“命运”这个词了。虽然他清楚地知道根源在布里托,工厂的监察长,他总是找碴,说他的坏话,试图让新来的职员都排挤他。这样，一个不眠之夜，他悲愤地喝了不少酒，看到镜子里憔悴的面庞，一个算账的念头在他的脑海中闪现。

“一共七美元。”出租车司机说道，车没有熄火。

“我一分钱都不付，如果你愿意，就叫警察吧。”工程师下车后说道。

司机脸涨得通红，咒骂着，威胁下车收拾他，并在杂物箱里找工具。

工程师在地上捡起一根木棍，一下子将挡风玻璃砸碎。之后，就在他向驾驶座上的玻璃砸去时，司机赶紧倒车了。

“疯子！”司机喊道，在街道的尽头掉了个头，心有余悸地看着后视镜。

工程师扔了棍子，整了整外套，沿着“L”形的石子小路走到大门处。

门卫没有认出他：胡子？头发更稀疏了？突然变老了许多？

“监察长的办公室在工厂尽头，沿着这条两侧种树的路走就行。”

“谢谢，这是我的身份证。”

门卫让他进去了。

他刚迈了一步，突然开始下雨了。

暴风雨和河水的低语声——工厂旁有一条河——混杂在一起：有时一个声音盖住另一个，那是一场混战，是风指挥的喧嚣。

他的鼻尖上滴着水，裤子已湿透了，他上了楼，将双肩包拿下来。

当他站在监察长办公室的门前时，再次想起他那令人厌恶的面孔。

他轻轻敲了敲门,等待着。

“工程师,”布里托喊道,“您不应该来这里,谁让您进来的?”

工程师从包里掏出上了膛的来复枪。只听到四声连续的巨响,几秒钟后,仿佛是遥远的闪电落入河流,听到一声女人的尖叫,接着是另一声巨响。

伴随着工程师在楼内走动,尖叫声、玻璃的破碎声和枪声混杂在一起。

门卫觉得似乎听到了枪声,警觉起来,但他过分的自信和匮乏的气象知识让他以为——他也更愿意这么想——只不过是几声响雷。

在二楼的会议室,工程师坐在地上,周围都是尸体。

他再次将来复枪上膛。

他想了一会儿,目光在死人恐惧的表情和沾满雨水的玻璃窗间来回移动。

这时,他远远地看到以前用的办公桌。就在那个角落里,他度过了他生命的许多年,在无聊的下午收拾着文件、手续,还有同事们的嘲笑和痛恨。

他站起来,走向那里。

办公桌上面放着一副女士眼镜,黑色的,显然是因为其他无关紧要的事情而把眼镜忘在了这里。工程师小心翼翼地将它拿起,仿佛是在拿稀有昆虫的肢体。的确,眼镜很特别,很纤细。他十分专注地观察着它,仿佛在辨识它,回忆它,将它与记忆混淆,与很久以前径直给他一枪的那个人混淆,她让他活了下来,但已没了灵魂。

枪声过后，环境也已被震聋。工程师将眼镜举起，透过放大镜片看去：现实已扭曲，物体表面粗糙，办公室的家具和血液混杂在一起。

不慌不忙地，工程师的一举一动像是被冷静地设计过，他将眼镜放进衣兜里，将来复枪放到桌子上。之后，他拿起电话打给警察。

“我杀了伤害我的人。你们来抓我吧，我说完了。”

他挂了电话。

（三）

雨天的星期五格外寒冷，工程师被关进市属监狱。牢房的门“吱”地一声关上了，那声音永远在他耳边回荡。

“他好像是喝醉了。”一个警察说道。

“你注意到他的眼神了吗？空洞洞的，里面好像什么都没有。”另一个回答道。

工程师坐在窄床上，取出衣兜里的眼镜，将它从铁栏杆处扔了出去。他对一切已心灰意冷，却再一次地仔细观察外面的世界：一个警察赶忙跑去捡地上的眼镜，戴上试试，又取下来，然后拿走了。

长长的走廊阴暗潮湿，从那里发出一阵不怀好意的笑声，但工程师已疲惫不堪，没有精力再去注意这笑声了。

现在，他拥抱着牢房里稀薄的空气，是该休息一下了。

“我不会再睁开眼睛了，”他自言自语道，“什么刑罚都没关系，但我不会再睁眼了。”

这样，他平躺在床上，抱着枕头。不一会儿，他对狱警的监视就一无所知了，他平静地睡着了。

（四）

在梦中，工程师感到很热，脸涨得通红。他用手摸了摸脸颊，发觉陪伴他多年的胡须没有了。

他抽着烟，在一片树林里走着，尽情地呼吸着那不真实的清晨的空气。

他穿过一条小溪时，看到水里有鳟鱼，他就这样一直看着它们在水中嬉戏。

他继续往前走，发现一条小路消失在尽头的几块大岩石后面，那是很早以前火山喷发的产物。他在一棵树旁停了下来，眺望远方的地平线。但他不敢相信看到的一切，他爬上一个连接另一片树林的山坡。

“它早晚会醒的，喷发出火焰。”工程师看着黑色的火山，大声说道。

他只能继续前行，并立即消失在浓密的绿色之中。阳光洒在树叶上，洒在周围的耕地里，这个场景像是即将被烧掉的油画。

这时他听到一声枪响，枪声夹杂着回音，像是来自附近的小山中。一个阴影在大树之间穿梭,风如同困兽呼啸着掠过树冠。也许有几只鸟从树枝间飞出,它们回过头,仔细聆听,这震耳欲聋的响声让它们瘦小的身躯不停地颤抖。

那是尖锐刺耳的响声,掩盖了河水的奔流声。接着是几分钟的寂静,好像整片森林突然之间变成了哑巴。之后听到干枯的落叶被踩碎的声音,这时工程师出现了。他肩上扛着姑娘那已失去生命的躯体,右手握着一把左轮手枪。

在梦中,她没有流血。

不管杀手如何苦思冥想,就是想不起她的名字——完美,秘密——如同记不起她的面孔一样。

未发表,2010

胡安·卡洛斯·莫亚(Juan Carlos Moya, 1974—),生于拉塔库加市,作家、记者。著有长篇小说《雾中的马匹》(*Caballos en la niebla*)。因历史著作《生存行当》(*El oficio de vivir*)而获得豪尔赫·曼提亚·奥尔特加奖。获得西班牙语美洲新闻基金会奖学金在布宜诺斯艾利斯学习。曾在报刊、广播、电视等部门工作,主讲过电影和文学赏析课程。

照镜子的女人

路易斯·蒙特罗斯·阿莱奇

……我们就这样，未曾证实
存在着永恒

《发掘出的爱情》
豪尔赫·恩里克·阿多姆①

石化的水层
人工灯光
世界的边缘
梦和泪水的原料

又是一天清晨。阳光透过窗帘窥视，在光洁的表面折射，刺伤她的眼睛。还不老，她重复着，仿佛时间可以洗刷她的年龄，或者悲伤可以复原她毛发的色彩。每天早上站在镜子面前已重复

① 豪尔赫·恩里克·阿多姆(1926—2009)，厄瓜多尔诗人、作家、政治家。

了几十年。她就是位循规蹈矩的女人，也许正因为如此，她还坚持照镜子，尽管这会令她心痛。

她用冷水洗脸，皮肤一接触冷水就收缩，变得紧致，毛孔也会随之闭合甚至会导致神经痛，手关节麻木，一阵寒战让她毛发竖起，寒战穿过她的胳膊、脖子、后脑勺，停在太阳穴和眉心处，像锤子或径直插入的尖刀。她用已褪色的粉色毛巾擦脸，这毛巾认识她年轻的面庞，而今已开始磨痛她的肌肤。

皱纹在你眼中的阴影流淌
皮肤的裂痕，憔悴
秋天的瘦削
银器具
褪色的，穿越时空的，怨恨
阿多姆的一首诗，《美人》
尘埃上的灰尘

她用灵巧的双手将基础霜涂在面部以遮盖皱纹，就像魔术师一样奇迹般地掩饰人为的痕迹。

麻布，确切地说是羊皮纸。是的，羊皮纸。
死人般的青紫色
琥珀的荒原
涂匀的膏体已变干，

岁月消逝在不可能的现在，
虚幻的，嫁接的……
艳丽的红色击溃了
持久的苍白
涂抹着云彩，螺旋状地
在脸颊
颧骨凸显出来。

每次涂抹都使面部轮廓更加鲜明，眼周为紫色，睫毛反复涂刷，变得浓密，双唇接受了胭脂红的洗礼，变得如同扶手椅、玻璃门一样光亮。这就是她，镜子里的她。

以前时间驻留在她体内时，尽管她使家里的钟表停摆，却依然痛苦，拒绝照镜子。现在她觉得那已不重要。内衣勒紧她的两肋，多出的赘肉不可避免地垂着，双臂，隆起的腹部，有一团团肉的大腿。她一直不喜欢自己的脚，脚趾很小，指甲很难看，脚踝肿胀。但这些都没什么。

面具已做完；戴上发饰，发饰已不发亮，但可以遮盖不足，卷发筒打造的波浪形头发，束发带束紧头发，奇妙的花式，那是过去了，已逝去的过往。被埋葬了，她嘟囔着，叹了口气，爱情，“后爱情时代就是穿着裹尸衣的无情时代。”

深陷洞中之人，
潮湿的土地，

被弃置于抽屉中的骨头，

该死的世界，她嘟囔着。深色衬衫裹着她的双臂，长长裙子。休闲的平跟鞋。她使劲往上拉着长筒丝袜，长着汗毛的皮肤依稀可见。镶嵌着银饰的水晶扣搭在脚踝处，一朵粗糙的玫瑰花。

她忘记刷牙了。不必生气，她想，她已经懒得生气了，而是走到浴室去刷牙。在同一只塑料杯里，有两只毛已卷起的牙刷。被挤出的白色牙膏在她的牙齿间变成泡沫，那被时间冲刷的牙齿，不停思索人生的牙齿。

她又走到镜子旁，再次照了照。她笑不出来。她垂下目光，仿佛泄气了一般，她的目光迷失在裙子的褶子里，迷失在房间的细节处。她原本希望这仪式般的执着至少可以掩饰她的悲哀，减轻她内心的苦楚，淡化她的眼袋，丰满她已干瘪的嘴唇。

当她还年轻时，她长时间地化妆，摆各种姿势，她对自己的轻盈形象感到满意，她现在的化妆习惯是青春最后的残留物。正是她的浓妆艳抹吸引了忧郁者的目光，而他的夜晚早早地粉碎了，将她和一袋子骨头永远定格在过去。

我爱你光洁的脖颈
它优雅细长
那粉白的颜色遮住
你的眼睛

你银铃般的笑声
你温柔的呼吸
你俏皮的下巴。
我想拥着你
带走你
模仿你纤细的玉指
抚摸你。

她微微一笑,想到男人们这样说是为了征服单纯的女孩;这样的话他们已说过千百次,之后还会为千百个女人重复。但他带着沉默的坚定,对她发誓说没有,他给她看他那受伤的孤独的面纱,她报之一笑,之后又微微一笑,他为她倾倒,蜷缩在她的怀中;她再次微笑,将他扶起,任由他亲吻、抚触,她握住他的手,抚平她眼中的饥渴;他在她耳边唱着"爱情的宣言",就像是亲密的祭品、意识的痛苦、过往的记忆,那不如人意的过去,持续的恐惧,失败和泪水。

她明白他在泪水中袒露的心声,用她全部的爱拥抱他,用她父母极力呵护的纯真,用她已萌动的女性躯体拥抱他。

清空你装满挫败的记忆
从肮脏的深渊浮起
将你的名字写在我的上面
用你的手臂环在我的腰间

微笑
痊愈
感觉
让风吹拂你的头发
赤脚奔跑吧
住进我的心间
骑在我的胯部
从我这里得到满足吧
悸动的心跳
叹息中的永恒

温馨的住所、床、微笑、亲吻减轻了痛苦;灰色的躯体已睡去,太阳露出兴奋的面庞。幸福在床单里萌发,海水慢慢晃动。穿着制服的循规蹈矩,带着日历拜访他,需求在减少,在日复一日、在办公室冰冷的早晨和无数计算的下午、在枯燥的工作和莫名的日子中消亡。

普通的行人
满载的行李
相同的领带
温柔的钴60
鞋子
道路的尽头永远的重复

太阳和它单调的轨迹
东——西 东——西
干旱、尘土。
看到窗外飞逝的生命
风快速猛烈地袭来
带着她的青春
他透过玻璃观察
夜晚的游魂
带着罪恶的平静
幽深的坟墓
地下魂灵或世外生命
阿多姆在不停地打字

预兆应验，时光循环往复。不可避免的终归不可避免，永恒的爱意在第一声尖叫中、第一个破碎的杯子中稀释，家中爱的光泽已褪色，梦想迅速变得视而不见。她不想接受这距离感，她将自己关在记忆之中，盲目如同受害者般，放下身段徘徊，敲着墓地的大门，祈求地寻找他的双眼。他垂下眼神逃避开，他害怕自己的脚步声，无尽的焦虑、愤怒、厌倦了泡沫。

在无数的也许、可能、但愿之后
只剩下无尽的为什么、决不、也不

他人间蒸发，而她的床上充满泪水；他已没有感觉，而她仍被感性的肌肤包裹，执着地深陷其中。大地覆盖起它身体的绿色，而她将自己的时钟永远停在那一天，她用虚假的言语和理由构筑起一个贫瘠的巢穴。

在一天的其他时间，她再不看镜子一眼。她像之前多次做过的那样，再次逃进那毫无生气的日复一日，那勇往直前的表针正是她的回忆。

转身，看着床帏
温暖的栖身之地
床头的旧十字架
关闭的窗户
紧拉的窗帘
毫无生气的世界
外面……

女人走向门旁的藤椅，不假思索地坐下，等待。她已准备就绪，可以出门了，就像以往一样，她无处可去；空洞的眼神看着她双手的粗大关节和细小血管。现在她抬起头，发出几十年来的一声叹息。该做的她都做了，现在等待他——忧郁者的回复，那个已经离开，还没有回来，也决不会再回来的人，尽管她无尽地期待。

又一天过去了……

一次又一次的哭泣。

未发表,2006

路易斯·蒙特罗斯·阿莱奇(Luis Monteros Arregui, 1979—),生于基多市。曾写过脚本,导演过纪录片。从事过顾问、主编等工作,为厄瓜多尔私人和公共机构主持过与人权、儿童及青少年、民主等相关的项目。出版短篇小说集《阁楼》(*El ático*, 1998)和《原罪》(*Pecados de origen*, 2009),长篇小说《不忠之妻叙事曲》(*La balada de la casada infiel*, 2006)。

像你这样的姑娘，在这样的地方……

索兰芝·罗德里格斯

在地铁上远远看到一位姑娘
一见钟情
疯狂地跟随着她
却在人群中失去
不幸的人啊
注定要在车站无目的地游荡……

《地铁站》
奥斯卡·汉①

躁动来自队伍的前方，一直蔓延到我所在的位置。一阵嗡嗡声、翅膀扇动声、噼噼啪啪的响声、震动声传到我耳边，粉碎了我伪装成植物试图蒙混过关的目的。身为人类和旅行负责人正是我们这个种群遭到鄙视的原因。从大瘟疫暴发时起，我们就已不

① 奥斯卡·汉（1938— ），智利诗人、作家。

是银河系中最招人待见的物种。排在我前面那个可呈现多态的生物转过头来，用他那黄色的眼睛看着我，带着恶心的表情发出嗡嗡声“人类”。他说话时，从他那贝壳处发出黏糊糊的一种声音，他变形了，变成了鳞状的一堵墙。我立刻感到脸红了，因为这一化学反应，我肯定会释放出某种气味。我身上涂满的绿色和我小心翼翼一片一片粘在皮肤上的硬壳都不能掩饰荷尔蒙的反应和我神经质般的笑声。

人类的笑声可达60到65分贝，经过银河组织前几次会议的讨论（有许多荒谬的法律阻止这个星系中数量众多的物种继续繁衍），考虑到那些没有鼓膜、只有超敏感细胞膜的物种，于是做出决定，即在公共场所，人类的音量不能超过50分贝。而人类的一般性交谈，如果不是十分热烈，音量就可达70分贝。

另一规定与气味有关。尽管我们没生病，也强迫我们用消毒水一天冲三次澡；但我现在面临的情况是：正要乘坐飞船前往银河系六分仪座的白矮星，而同行的乘客是成千上万的外星人，正是需要大声喧哗和大量出汗的时候。“寂静可以让你听到星际音乐。”银河组织安慰性地说道。但是我们人类既无通灵术也不拥有多姿多态、富含能量的表皮。对我们而言，星星就是无数静静悬挂在空中的灯光，而现在它们对获取人类特有却又不能被银河组织的灭菌系统彻底清除的优势项目感兴趣：细菌。

我们人类的机体中蕴含无数细菌，是生命的沃土，我指的并非病原体，而是更平常的细菌，如唾液、细胞膜或者其他健康组织的秘密产品，我们不知道其中有多少宝藏，在黑市上是多么值钱。人类的细菌，除了能用于生产一些物种视为美味的酵素和酶，还是生产星际战争中所使用的生物武器的必要原料。是的，战争，这可不仅是我们的发明。在所有的生命形态中都存在着冲突。最强大的病毒攻击最弱小的，这是定律，这不仅发生在我们身上，这继续存在着，只是我们人类中的一些人，为了换取某些利益，决定提供原料。从这个角度而言，我们的确是有害的、具有破坏性而又多产的物种。

瘟疫过后，银河组织将我们从地球上清除出去以便彻底净化地球，这就像是把糟糕的房客从家里赶出去一样，是侮辱性的，但是为了让我们从疾病和死亡的后遗症中恢复心智，他们颁布了将男女分开安置在不同居住地的法令，这让我们想起战争中的胜利者对战败者的所作所为：随心所欲。只有干净的人才可以离开，开始新的生活。获得一位健康的女伴，播种人造土地，排比今天还要长的队填写生育申请，在满九十岁前等待获批，天天用消毒液洗澡确保干净，但是，我们是人类！谁能一直这么干净？有些人越过这一步，用我们身体上的一切做生意。生活为我们打开一扇窗。我们用一些普通的东西如泪腺换得酒店的免费房间，用几厘米的头发获得人造女人的使用权，“旅途女伴”是特意为经常长途旅行的人定制的，比如我。人类女性的曲线在银河系其他物种的眼中如此具有诱惑力！需求量极大，要拥有她们一整晚，付出的要多一些，指甲刀、睫毛……有时我清晨醒来，透过酒店最高层房间的透明屋顶——我总是订这样的房间，我是个浪漫的人——想象着如果我身边的女人不是人造毛发、乙烯基、硅胶和恒温液体的混合物，而是一位真正的女人，那种会拒绝你的要求，甚至在你粗暴时会给你重重一击的女人。一位真正的女人。这是正常的、不完美的渴望，坦率地说，我不想要土地和孩子。或者至少我是这么认为的，这样我对银河组织更有用，可追踪他人。

就这样，我看到了她。混在离开飞船的其他太空生物的队伍中慢慢走着。对于刚刚完成的长达三十六个月的旅程而言，她可以说容光焕发，就连眼神也未流露出疲倦，据说在黑暗的胶囊舱中时间太长，眼睛会有不适感。跟我一样，她也试图用其他形态掩饰自己的身份，矿物形态。她躲进石英和土地的突变体酚醛塑料里面，其结果也跟我一样：拙劣的伪装引来队伍其他成员的倒彩和唏嘘声。排在她身后的腹足动物痛苦地拱起背，因为人类的汗水是含盐分的酸性物，对他那具有嗅觉功能的阑尾来说是难以忍受的。

我们就在那里，两个被社会抛弃之人在中转站相遇，中转站位于一个我们人类的发声系统无法说出名字的行星上。她是谁？为什么要伪装？她曾是"干净"之人吗？她获准旅行了吗？可能她属于另外的那些女人，有足够的钱可以获得权利，这样她们可以去其他聚居地选择让她们受孕的雄性生物，我们都曾被责令排成一列："这个可以，那个不行。"她是位美丽的女子。健康，目光坚定，肌肉富有弹性。男人立刻就知道这些事情，即使女人伪装在厚厚的铁板中或者像岩石这样的矿物中。我使用传统的伎俩：眼睛盯着她，吹口哨，但都没用。她对我熟视无睹，也许我的伪装骗不过其他的太空生物，但可以骗过人类。随着她慢慢靠近，我几乎可以透视她：头发的密度，唾液的吞咽，不止这些，还有更为隐秘的功能，心脏迸出血液的节奏，之后血液流向她温热的身体。

嗯，因为某种原因，我们在所有的战役中失利。没有获胜的可能，在营地战中，我们同样失利，因为我们这个物种先行动，后思考。这就是激情，被银河组织视为人类最糟糕的品质。最初，曾为此展开辩论——由浪漫主义者倡导的，我坚定地认为自己是浪漫的，虽然这个团体早就解散了——讨论冲动、艺术、性、偶然性的优势，但是主张谨慎的人更多，且都是些胆小鬼。“我们因为某种原因战败。”当我碰到她的手臂时，我自言自语道。当她与我相遇时，我的枝叶缠在她冰冷的腰间，我跟她讲话。开始用意大利语，据说是爱情的语言。之后用普通话、西班牙语、俄语和银河组织规定的银河通用方言。我尝试用所有我会的语言，向她问候，并说出电影对白。

她低着头，但神采奕奕，她注意着已开始停下来的队伍，队伍中因为两个人开始接触而传出尖叫声、咕噜声，他们的细菌，那些危险的细菌开始以性前方式繁殖，结合，分裂，甚至有可能感染这颗行星和整个银河系。当两个飞船中的队伍——她的和我的——因要逃离我们不幸相遇的恶果，跺着脚、拍着翅膀、蹦跳着四散而逃，就连喇叭里传出的银河组织管理人员试图维持秩序的中性嗓音也不能平复已产生的恐惧，惧怕我们的接触会生出几百万个人类婴儿。她抬起伪装在岩石中的面庞，石质面具后的双眼在向我微笑。在星际警察赶来前，在医生赶来让我们喝下疫苗鸡尾酒并用酒精漱口前，航行会为此延误一两年，我发誓那位姑娘发出了笑声，那是生命中最优美的音乐，比银河组织建议我们用心听的星际交响曲美妙多了。

选自《陌生人的善意》，未发表

索兰芝·罗德里格斯(Solange Rodríguez, 1976—),生于瓜亚基尔市。擅长奇幻小说的创作,2010年《迷失的子弹》(*Balas perdidas*)获得华金·加列戈斯·拉腊文学奖。新闻记者、文化人士,负责写作工作室。出版了五部故事集:《鲜血》(*Tinta sangre*, 2000)、《德古拉之嗜好》(*Dracofilia*, 2005)、《显灵之地》(*El lugar de las apariciones*, 2007)、《迷失的子弹》(*Balas perdidas*, 2012)和《微城市》(*Ciudad mínima*, 2012)。负责编辑厄瓜多尔微型小说集。免费推出《魔盒》(*Caja de magia*, 2013)。其短篇小说被多个文学选集收录,如劳尔·布拉斯卡(Raúl Brasca)主编的《闪电的天空》(*Cielo de relámpagos*, 2009)、萨尔瓦多·路易斯(Salvador Luis)主编的《移动会议》(*Asamblea portátil*, 2010)和《淫秽条件》(*La condición pornográfica*, 2011)。

沉　寂

路易斯·费利佩·阿吉拉尔

一切有始必有终，
有生有死，
消亡，
只有永远的存在方为永恒；
于永恒而言，既无过去，亦无未来，
仅为永恒的现在。
如对此怀疑，
是因为从未凝视夜空，
星光从未到达，
然而，它就在那里。

或许，在我的艾莱娜怀抱里多待五分钟，我就不会陷入如此困境。如果我来晚了，我的同伴就会扔下我，照常起航，谁知道呢，哪怕我们当时再多等几秒钟，也就不会碰到鲸鱼了。如果我多耽搁一分钟，下午我们就能到家，就能听到我们兴奋的声音："我们见到了一头巨鲸。"但是，我准时赶到了。我们按时起航，收起绳索,发动小船,拉起锚链,凌晨两点已驶入深海。一切平静如常,海面响起浪花的拍打声,海底是神秘的寂静。我们撒了网,等待着,佩德罗和安东尼奥·马丁内斯兄弟在摇摆中准备早餐。早上八点了,我在船头嘲笑着安东尼奥,尽管出海捕鱼已十多年了,他仍然有点晕船。就在那时,一个黑影笼罩了我们。我只看到他们面带恐惧地看着一只庞然大物向我们扑来,绿乎乎的一片瞬间将船击成两半。我看到发动机的齿轮嵌入那巨兽体内,我听到同伴的声音,实际上是叫喊声,而那时怪物的尾巴已将船彻底击碎,我们沉入大海。我再没听到其他喊叫声,除了我叫他们的声音,但既没有应答,也没有回音。

我记得那一刻充气筏就在我触手可及之处,要不是我在一堆碎木片间发现了它,一眨眼的工夫,我就再也够不到它了。我给它充了气,吃力地爬上去。大海恢复了平静:海面响起浪花的拍打声,海底是神秘的寂静。或许应该说,因为这短短几秒钟发生的事情,它已有所改变,它或许感到了船变成碎片时发出的巨响,受伤的鲸鱼,我同伴的目光。他们也许还活着,被困在海底的渔网处,也许是的,也许大海已有所不同。

没有食物、雷达、船帆、船桨,我不知该往何处,气筏随波逐流。那应该是早上八点多,太阳在升高,我昏昏沉沉,我的第一个抗争就是不要呕吐。我叫伊格纳西奥·阿莱巴罗,三十三岁,已婚,育有一女。

*　*　*

艾莱娜透过厨房窗户凝视着大海。这是周六早上八点多，女儿吃过早餐，去找马丁内斯夫妇的女儿们玩了。她一个人洗完盘子，走向卫生间，慢慢脱下衣服，拧开淋浴，感到水流过她的身体。但当热水打到她的肩膀处时，她感到一阵灼痛。冲掉洗发露时，疼痛更强烈了。冲完澡后，她慢慢擦干身体，穿上一条可遮住肩膀的花裙子。女儿带着小朋友进来了，艾莱娜笑着迎了出去。十分钟后，马丁内斯家的女人安娜和卡尔拉来了，她们嘻嘻哈哈，情绪高涨。女人们围坐在厨房的餐桌旁抽着烟，艾莱娜站在灶台旁跟她们闲聊。每当她们把烟头熄灭时，她都感到肩膀疼痛难忍。

安娜和卡尔拉兴奋地谈论着她们的情人，下午她们各自有约，笑着请求艾莱娜帮忙照看孩子。艾莱娜的脸微微一红，就像是她要偷情一样。她愉快地接受了委托，跟孩子们在一起，她总是很开心的。安娜熄灭一支烟，又点了一支。

"你不知道你错失了什么。"她说道。

"最刺激的就是被发现的恐惧。"卡尔拉解释说，同时在烟灰缸里掐掉烟。艾莱娜看着她又点了另一支，现在她希望一个人待着。

* * *

一小群蓝色蝴蝶在艾莱娜家院墙墙头的花丛中飞舞，它们时而躲进浓密的树枝，时而躲进叶子中，此时下午的最后一缕阳光消失了。艾莱娜使劲推开院门，蝴蝶随着门的撞击声“呼”地一下飞了起来，飞向院子中，随后消失在别人家。尽管它们的蓝色反射着灯塔上的光，艾莱娜却没注意到它们。她不慌不忙地走到通往堤坝的街上，在那里她碰到安娜和卡尔拉，她们脸上还洋溢着缠绵后的幸福。她们正准备去六个街区外的港口，恰巧佩德罗·科鲁兹的卡车停到了这里。她们立即上去，一分钟后就赶到渔民那里。

“三艘船出海搜寻他们了。”有人说道。另一个人说：“海防队也派船了。”大家都说：“会找到他们的。”但最后有人预言道：“如果两天内找不到，他们就不会继续寻找了。”

* * *

艾莱娜坐在厨房的桌子旁，头枕在一只胳膊上，手紧紧地攥着，她仍穿着头一天的那条花裙子。尽管感到十分疲倦，她知道现在不应该睡觉，她在等女儿醒来。此刻，她回想起在美好的周日，伊格纳西奥会为她们准备早餐，随着收音机里的萨尔萨唱歌。之后他会待在家里看电视上的球赛，而她们去市场买午餐需要的东西。路上，她们高兴地谈论着一星期发生的事情，学校的事，女儿的顽皮等等；她们笑着回到家，有时见到艾莱娜，伊格纳西奥会吹出谄媚的口哨，女儿有时也这样。午饭后，女儿去小朋友家里玩儿，他们开心地准备午睡。当还能忍受食物带来的困倦时，他们先一番爱抚，然后一直睡到半下午。这时女儿也恰巧回到家，伊格纳西奥通常会去院子里吸烟，她们就开始准备晚饭或者热一热剩饭，之后一直看电视直到上床睡觉，女儿总是早早地就睡了。这就是那些美好的周日。糟糕的周日一开始就大不相同，伊格纳西奥会一直赖在床上，她们静静地吃早餐，恐怕吵醒他。之后出去买东西，但她们只是偶尔有些简短的对话，这更衬托出市场的吵闹。她们并不知道，所有认识她们的人都从她们的行色匆匆中觉察到她们的忧虑。回到家后就开始做饭，但仍然沉默不语一直到午饭时。这时伊格纳西奥通常会很快吃完饭，之后女儿出门，剩下他们两个人。这样的下午往往很寂静，但也可能非常吵闹，她知道的。伊格纳西奥开始会拧她的两肋，下手不太重，但之后越来越使劲，拽头发，甚至更糟。晚上他们会静静地吃晚饭，女儿露出害怕的神情，艾莱娜哭红的双眼中闪现出悲伤的屈从。她们会早早上床睡觉，伊格纳西奥则睡得很晚。

道晚安前，伊格纳西奥一般会道歉，她不吭声。睡觉时她向上帝祈祷但愿这是最后一次。那个周日，艾莱娜在桌子旁睡着了，女儿见状，不知该干什么，就又去睡觉了。两个人都梦到了那美好的周日。

* * *

伊格纳西奥没有呕吐，昏昏沉沉度过了漫长的一天。当夜晚降临时，他梦到了家人。伴随着第一缕晨曦，他感到阳光照在脸上的灼热，他意识到自己还活着。他嗓子干得冒火。“被水围着，我却要渴死。”他自言自语道。

* * *

女人们聚在海事办公室，一位军官手里拿着地图向她们解释搜救区域，这给了她们希望。他说根据以往的经验，总能在四十八小时内找到出事渔民。“总之，如果超过这个时间，也不要太担心，他们了解大海，带有足够的水，而且他们总在其他渔民的活动范围内。如果在一定时间内他们没回来，只能是因为船开不动了。”他解释说。两个小时后，这位军官将船身的碎片放在桌子上，对女人们说，做好最坏的打算吧。

* * *

伊格纳西奥在睡梦和噩梦之间飞速度过了一天。夜幕一降临，他就看到一只海鸥落在充气筏上。海鸥看到他睁着眼睛，迟疑了，但伊格纳西奥一动不动。开始，海鸥啄他的腿，之后慢慢地更加靠近。“我可能抓不到它。”伊格纳西奥想着,海鸥放心地啄他的脸。他的脸开始流血,但他仍然纹丝不动,海鸥又靠近了些,当它正要再啄他的面颊时,他一把抓住它,将它的头埋进水中。这样几分钟后,他才敢将它从水中拎起。海鸥一离开水,蹬着腿,使劲扑腾。伊格纳西奥抓住它的颈部咬下去,两口浓稠的、热热的血液流过他的喉咙。一个念头在他的脑海中闪现:“我会得救的。”

* * *

艾莱娜和马丁内斯家的女人去找那位吉普赛算命女人,她毫无同情心地抛出纸牌。对马丁内斯家的女人她直来直去,说出她们过去的三件事,赞扬她们的出轨,然后表示悲哀。她在安娜耳边说出佩德罗·科鲁兹的名字;对卡尔拉说道,他还有别的女人。但对于艾莱娜,她表现得非常谨慎,她十分详细地描述了艾莱娜的过去,幸福的童年,羞涩的少女时代,恋爱时期。谈到婚后生活时,她露出不快的表情,罗列了对艾莱娜而言无足轻重的几件事,但最后说道,考虑到她的痛苦,她会将烟熄灭。艾莱娜明白了一切,而她的朋友们则一头雾水,尤其是在吉普赛人拥抱她并对她说了一番话后,她们更加迷惑了:

“他还活着,努力抗争要回来,但只有你才能将他带回来。如果你不愿意,你可以阻止他,不让他回来。好好想清楚吧。”

安娜和卡尔拉很不满地给了钱,但艾莱娜知道这个女人赚的每一分钱都是应得的,她颤抖着付了钱。那天晚上她在睡觉时祈祷，一直重复着一句祷告，但实际上她不知道究竟在向上天祈求什么。

* * *

伊格纳西奥靠吸吮海鸥血度过了三天时光。每当他口渴难忍时，吸吮一口海鸥的血能让他暂时缓解。但现在他再次忍受着折磨，他的脑海中反复出现妻子的名字和对水的需求。他感到绝望，那天他喝了海水。不久后，他以为自己疯了，那是在晚上，他认为终于看到了海岸线。

* * *

艾莱娜想起关于胡安·塞克伊拉的事，他是两年前消失在大海中的。失踪一个月后，他却拖着皮包骨头的身躯在大家为他的灵魂做弥撒时回来了。由此，那些女人们对她说："伊格纳西奥快回来了。"那天天色已晚，她走出家门，穿过几个街区来到海边，之后朝与港口相反的方向走去，她看到安娜和卡尔拉家的房子，紧挨着如同一对双胞胎，尤其是窗边都点着蜡烛更加重了这种感觉。穿过墓地时，她觉得有点害怕。之后，她穿过公园走到通往海滩的小路，她沿着沙滩漫步，直到几只不知名小鸟的扑棱声将她带入一种莫名的焦虑，她驻足在沙滩上。

她凝视着大海，与她的心情不同，海面上风平浪静，如同一片湖水。她定睛看了几分钟后，才确定看到了一个黄色的筏子。她坚定地走进大海，筏子就在不远处。海水还没没过她的肩膀时，她够到了那只筏子。她丈夫就在上面，几乎已无知觉。她扶着他的头，温柔地看着他。他的样子很可怕，胡子拉碴，浑身溃烂，嘴里还呼出一股血腥味。借着月光，她看到了羽毛和骨头。这时，伊格纳西奥睁开双眼，她突然害怕地一激灵。海水拍打着她的肩头，她想起了这么多年她不下海游泳的原因，伊格纳西奥的烟头让她隐隐作痛。她转身离去。看到她走开了，他滚下筏子，但他真不该这么做。艾莱娜听到落水的声音，转过头去，看到手臂沉入大海。她停在那里，等他出来。她迟疑着，不知如何是好，她的心被一种神秘的力量掌控。待了好一会儿后，她才明白自己真实的想法："别露出水面了，那样我还得救他。"艾莱娜就这样待在大海中，希望看到一只手，一缕头发，但没有发生。

清晨她离开时，听到海浪的拍打声，看到筏子随着海浪前后漂荡。有一刻她很担心自己在沙滩上留下的印迹，但立刻又打消了这种担忧。她信任她的邻居们。有些东西改变了。然而，她决定还像从前一样。很快，就该叫醒女儿了。她回到家时，一群蓝蝴蝶在门口飞舞着冲她微笑。

选自《原罪》，2009

路易斯·费利佩·阿吉拉尔(Luis Felipe Aguilar, 1977—　),生于古安卡市,短篇小说家,是当地文学团体“致海绵”组织的成员。与该团体的成员合作出版了短篇小说集《即使与最丑的姑娘跳舞》(*Aunque bailemos con la más fea*, 2003)和《没人能夺走我们已经跳过的舞》(*Nadie nos quita lo bailado*, 2005)。出版短篇小说集《绿色的橄榄》(*El verde oliva*, 2008),与人合作发表《原罪》(*Pecados de origen*, 2009)。

林肯纪念堂

豪尔赫·伊斯切多·萨尔瓦多

电话响了。我预感到是玛丽亚·何塞,因此我没接,任由电话再次不可救药地响起。我坐到轮椅上,从书房挪到厨房。我感到口渴。我想象着口中噙满水,感受着它流过喉咙和全身——除了双腿——是多么惬意之事,这如同一套格外先进的灌溉系统,或者未来城市的水渠。

在学校,玛丽亚·何塞是我最好的朋友。最近两年来我一直未与她见面,最近五年,我们仅见过有限的几次。然而这个星期,她天天给我打电话。这些天恰好是我们毕业十周年的纪念日,她在张罗同学聚会之事。我第一反应是不参加。另外,跟她通话我感到不自在,她执着地叫我"中国人"或"小中国人",这是我在六年级的绰号,但现在于我已没有任何意义了。它已是部分消失的语言,如同梵语或阿拉米语,只有少数人能够破译它们。玛丽亚·何塞很清楚这些,她是发布有关六年级事情的权威。那时我们称她为"苍蝇",但我可不会在电话里这么称呼她。尽管我们谈话时,这个绰号随时脱口而出,但我还是忍住了。至少在绰号上,我拒绝回到过去。但在其他方面,我做出了让步。我不知怎么了,但我不想接电话，听到她略带鼻音的声音时，我就又变成了典型的好学生，对过去学校之事充满热情，对我俩关系变得如此冷淡充满内疚感。最近这次通话，我几乎认同她叫我“小中国人”，跟她说再见时，我几乎脱口而出“再见，苍蝇”，或“再见，我美丽的苍蝇”。如果真那样，那太可怕了，但却十分契合我们的谈话气氛。这次通话使我了解到同学聚会是下午六点开始，而不是之前约定的三点。

我现在住在从姨妈卡门那里继承来的公寓里，也是在这里，我度过了事故后的最初几个星期。事故发生在1994年12月24日我十四岁时。平安夜时，我斜靠在床上看电视，其他人在祷告，吃火鸡和干果。25日上午，我父母和兄弟去了海边。那是很早之前就定好的旅行，我原本想去，但我也不介意留下来，我还不知道一个人留下来是什么滋味。事故刚过去后的这段时间过得很慢，一切都不似从前了。我的膝盖还是红肿的，左腿上有一条很长的疤，右腿上的稍微小点儿。那是用黑色的线绳刚缝合的疤，针脚还是凸起的。我感觉不到双腿的存在，我不能移动双腿。那时它们还不是现在的模样，但已是两段麻木、无用的肉了。

这之前的假期我曾跟家人去华盛顿旅行。我们住的酒店每层都有自动售卖机，卖些垃圾食品和可口可乐。酒店外，街道蒙上一层白雪，走上去发出吱吱的声音。那时我还可以走路，我们去了商场和博物馆。亚伯拉罕·林肯的纪念堂给我的印象尤为深刻。纪念碑坐落于希腊式的巨大神庙中。雕像本身应该至少有十米高，前总统呈坐姿。我跟家人静静地看着它，就好像是林肯为我们废除了奴隶制。其他人也都显得庄严肃穆。我想他们是从不远处的越战老兵纪念碑直接来到这里的。奇怪的是，有一瞬间，当人们眼里噙着泪水从我身边经过时，我看到林肯不是坐在大理石座椅上，而是坐在巨大的轮椅上。

一年以后，一切都不同了。我躺在床上，手里拿着遥控器。床的一侧是摆满药瓶的床头柜，另一侧是书架。那个时期我最好的朋友是迭戈，我们都是校足球队队员，而我们两个年龄最小，这使我们更加团结。跟与玛丽亚·何塞一样，现在我们也很少见面。但是在那个圣诞假期，在我被撞之前，我曾邀请他一同前往海边。因此，当我给他打电话告诉他我被撞了，因此不去度假了，他几乎不相信我的话。“好吧。”他最后说道，“没关系。”沉默片刻后，他问：“你的阴茎还能勃起吧？”我回答是的，只是我的腿还缠着绷带。第二天，他来到姨妈的住处探望我。我们吃了点儿东西后，迭戈打开双肩包，从里面拿出一盒录像带。他拿在手中晃了晃，发出塑料片撞击的声音。那是一部色情片。迭戈起身，将录像带放入机器中。录像机发出一阵声响，录像机的遥控器比电视的更大更现代。上面有无数的小按钮，还有一个类似轮子一样的钮，可用来控制影像的前进或倒退。我从床上坐起来一点儿，将电视调至3频道。影像模糊不清，过了一会儿才变得清晰了，之后出现了一行白色字体“自动搜寻”，接下来听到一阵快活的叫声，声音很大。迭戈赶忙跑向电视机，将电视关了。幸好旁边没人。我们再次打开电视，将音量调低。我又按下“播放”键。这次，看到从肛门插入的特写镜头。没看多久，因为听到姨妈卡门家的小时工沉重的脚步声，我按下了“停止”键。我有点紧张，决定放弃看这部影片。而且，迭戈说将录像带借给我，假期后再还他。我还有时间，我又不去任何地方。走之前，迭戈按下倒退键，将录影带全部倒回了。录像机延迟了一会儿才有反应，之后发出噪音，如同一辆全速行驶的汽车，是倒车，或者像远远听到的榨汁机发出的声音。几分钟后，突然停止。我再次一个人了。

晚上，姨妈照例给我拿来抗生素、止疼药和一杯水。在她和助步器的帮助下，我去了卫生间小便。之后，姨妈看看我的伤口，摸摸我的额头，亲吻我的面颊。“你会很快好起来的，孩子。”离开我的房间前她说道。我仔细地听着她的脚步声，听到她开灯、开电视的声音，听到电视里在播放新闻，之后是翻译的巴西电视剧。我一直竖起耳朵听着电视剧和广告声。最后播完了，姨妈关上电视，睡了。这时，我按下遥控电视和录像机的按钮。我手心里都是汗。电视和录像机的噪音都太大，电视如同未来战争的爆炸物，而录像机再次发出汽车的噪音，这次是变速箱不太好用的汽车声。电影开始了。是全科医生诊所的镜头。之后，一位衣着护士模样的女人走进诊所，停在了某样东西面前：是一个巨大的蓝色自慰器，跟一堆药品一同扔在桌子上。护士解开衬衣扣子，将自慰器慢慢插入口中，用手将头发向后一捋。这时，看到一个人影，是医生模样的人，显然他刚认识这位护士，两个人互相看着对方，仿佛要将对方吞下。我连乳房都没看到，却马上要高潮了。我不再自慰。深深地吸了一口气，我的心扑扑乱跳。我看到，没有什么铺垫，演员们就开始脱衣服，扑倒在地。一切都不太自然，但我却看得入神。医生是一位留着小胡子的肌肉男，不像我之前见过的医生。他从护士后面抽插，就如同那是他的工作一般。有几组长长的特写镜头，停留在阴茎有节奏的插入上。我的眼睛紧紧地盯着屏幕，而我的手在床单下面剧烈抽动着。我有种要走路的强烈愿望，要走进屏幕，去屏幕里面。我再也控制不住了，我要高潮了。我快速抽动着，一股精液射到床单上。快感持续着，我闭上了眼睛。当我再次睁开双眼时，看到的不是电视屏幕，而是天花板。多孔的天花板被涂成白色，如同一面镜子同时反射着电视机的光和夜晚的黑暗。我感觉到了我的全身，除了双腿，但几分钟后，我只觉得浑身难受。我从床头柜上抓起一只短袜擦了擦。精液已干了，在我的皮肤上形成一层硬壳，因此不能彻底擦掉，这让我很不舒服。我需要洗澡，但这个点儿不可能再让姨妈帮我。我该怎么对她说呢？我皮肤上有精液，帮我洗个澡？

高潮过后，我觉得电影镜头十分荒诞。护士让一根手指头插入口中，吸吮着。她十分做作地盯着镜头。我感到恶心，同时按下了两个遥控器的关机键。我把潮湿的短袜藏在床和墙之间的缝隙里。房间再次陷入一片漆黑中。电视剧释放出一丝噪音。我把睡裤提上，闭上了眼睛。我还不习惯仰面朝上睡。

我分次看完了电影的剩余部分。每晚都是同样的节奏，每晚最多多看五至十分钟。我用同一只短袜，套在我勃起的阴茎上，这样既不弄脏自己，也不弄脏床单。终于看完电影的那晚，我的高潮已不太强烈。我很快就射精了，但没射出多少，感觉也不强烈。奇怪，我觉得恶心。我不能立刻入睡，我已经知道这是怎样的一部影片了，它令人难以忍受。想了一会儿，我决定将带子取出来。我吸了口气，双臂支撑着，从床上坐起来。我向左转，起身。我把身体的部分重量支撑在右腿上，扶着铝制的助步器蹦了两步。尽管事故就发生在不久前，但我对自己的身体有种陌生感，我不会控制它。另外，木地板发出吱吱声，我担心姨妈听到后会起床。我一动不动地待了一会儿，不知道是该向前走三步到录像机处还是往后退两步回到床上。我最后决定坐在地板上，拖着身体朝录像机那里，如同基多街道上的残疾人。我浑身是汗，感到疲惫不堪，我终于努力再次起身，按下按钮取出录像带。我一直未弄清之后到底发生了什么。我的左腿弄得右耳发痒。一个气泡，在某个地方破了。我想我忘记了自己受的伤。不知道。犯错误是正常的，我犯过一两次，这种事情可以发生在任何人身上，就像有时人们会咬到自己的舌头，或者在足球场上，某位球员在错误的时间、地点出脚，将球踢向自家球门，不小心自摆乌龙。一切都发生在一瞬间，没有时间做出反应。在我姨妈家，就发出如同许多砖头砸向地板的声音，但是那是我发出的。我姨妈立刻起床来看我。我感到包扎着的已开始结疤的伤口又复活了。同时，手里拿着一盘录像带让我感到羞愧。

现在，电话再次响起。这次我接了。是我妈妈，她告诉我刚刚跟玛丽亚·何塞通过话。她觉得同学聚会是个好主意。我没表示反对。“是在周六，”她说道，“也就是后天，我跟玛丽亚·何塞商量好了，她已经告诉我如何到她家。”我没有说我知道她家的地址，我去过，那所位于10月12日大街上的名为何里克的住宅。我只慢吞吞地说了句“好吧”。之前我还不想去参加同学聚会，现在我接受了，他们会把我拉到那里去。周六，我仔细地洗了澡，穿好衣服。重复了几个我已熟知的动作而已。浴室是为我设计的，淋浴处放有一把椅子，镜子安装的位置比较低。总之，我的公寓做了些改造，适合坐轮椅的人。出门前我唯一要做的是戴上一顶黑帽子，不是那种有带子的、可调节大小的帽子，而是那种固定尺寸的。我反着戴，帽檐朝后。

妈妈一点差一刻就来到我家。她扶我上了车。我们一路沉默着。我只想着保持腰部以上部位衣服平整。我喜欢衬衫服帖的感觉，我知道这种感觉在午饭结束前，就会消失了。裤子是另外一回事了，总是肥，我的双腿已成为两条无用的细棍。我的鞋就是装饰而已。我们到了，我在10月12日大街下了车。我对妈妈说不必来接我，我想办法自己解决。我感到她想来接我，问我聚会的情况，她甚至想陪我进去，跟玛丽亚·何塞和她妈妈打个招呼，待上一小会儿。也许她没这么想。我们说了再见，我进到楼里。门卫为我开门，热情地打招呼，仿佛我们是老相识。当电梯门在五层打开时，我碰到了玛丽亚·何塞的妈妈。我像往常一样，到得太早了。她妈妈对我很关注，也许她感到有点不自在。一般来说，我同学的母亲都不知该如何接待我。我想我让她们感到难过。她们不敢多言，怕触碰我的过去。我也不想过多解释。我喝着玛丽亚·何塞家的阿姨端来的啤酒，我一直还记得这位阿姨。不一会儿，玛丽亚·何塞闪亮登场，见到我她显得很兴奋。她身着白色带流苏的裙子，白凉鞋，紫色紧身上衣。腿看起来很漂亮，我总是有点儿关注女人的腿。当我们相互微笑着打量对方时，有那么一刻我想象着我抱着女人的大腿，舔舐着它们。这是一种条件反射，但仅是一瞬间的事。玛丽亚·何塞问了我一堆的问题，仿佛我们这星期不曾通话似的。我们谈话时，她亲热地抚摸着我的胳膊，称我为“中国人”。就连她妈妈后来也这么称呼我。她们对组织这场同学聚会感到自豪。我只盼着其他人赶快来。在这里我觉得不太自在。标配的家具，标准的画框放置在标配的玻璃桌面上。有些画，尽管是彩色的，却呈现出灰暗的色调。和我认识的所有父母们的家是一样的，包括我自己的。这不是他们的错，只是所有的人，或者说，大多数人，在装修房子时，都选择这种标配和灰色调。

玛丽亚·何塞不停地说，时不时地笑笑。她说了三遍见到我很高兴。我暗想以前我们叫她“苍蝇”就是因为她太黏人。可能她依然如此。人渐渐到齐了：胡安·巴布罗，玛丽亚·索尔，哈维尔·佩雷斯，哈维尔·桑切斯，安东尼奥和贝阿特里斯，从学校到现在依然是一对儿，跟克里斯蒂娜和哈维尔·利萨撒布罗一样。其他人也到了。三十六位同学中来了二十四位。有一些我自毕业那天起再没见过，我连他们的名字也叫不上来了。但所有的人都记得我，我是坐轮椅的，那位在二年级时出车祸的，不可能有人不知道这些。

时间在聚会中悄然溜走。播放着我叫不出名字的音乐。我到处跟人聊聊，喝了几杯啤酒。之后，我们共进午餐。她们准备了一种浇蘑菇汁的土豆泥配牛肉，但都有股芹菜的味道，还有一道配沙拉酱的棕芽。真是独特！餐具有些过时了。玛丽亚·何塞给我端了盘菜，让我坐在她身旁。我喝了点红酒，吃了大概半盘菜。聊天，说笑，如同往常一样。我看着眼前的同学们，如同遥远的记忆长了脚，具有了吃饭的功能。他们都老了，胖了，长了胡子。有些已经结婚了或者离婚了，有些有了孩子。我多次听到他们说："大家都没变。"但表情却在说"太残酷了。"我没看出现在跟以前有何相似之处，也许在聚会时，我们装作跟以前一样，但我认为我们都变了，怎么可能还跟以前一样呢？

又过了些时间，天渐渐黑了。我身后响起了"枪炮与玫瑰"的一首歌和难以说出的吵闹声。我将轮椅朝观景窗移了移，看到城市东部，对面是一座蓝色的楼房，在这座楼房的后面就是美国大使馆，里面飘扬着红、蓝、白星条旗。使馆左边是灯火通明的基多酒店，酒店后面一定被雾霭笼罩着，看不清楚，那里已是绵延着图拔科谷地。我的正下方，即10月12日大道，挤满了汽车。林肯纪念碑就在那里，是的，在基多有一座林肯的半身像。腰以下的部分没有。为什么没有腰以下的部分？可能是让我们发挥想象吧？

我转身，重回聚会中。我可以看到迭戈，我的老朋友，他已微醉。之前他曾握着我的手问道："还好吧？"我说："还好。"这几乎是我们这十五年间说的所有的话。他变化如此之大，真难以想象。1994年他借给我那部色情电影时，人很瘦，留着分头，一副乖孩子的神情，他绿色的眼睛非常机灵，那时他踢足球。而现在他已发福，留着平头，双眼暗淡无光。他穿着一条脏裤子，登山衫，手里拿着酒瓶，活像流浪汉，跟流浪汉一样。我们最近的通话中，他曾抱怨我没能再次站起来走路，没有好好做康复训练。事故发生后的头几年，他不是唯一这么抱怨的人，我的父母兄弟也是如此。

玛丽亚·何塞打断了我的思绪。她也有点醉了，坐在了我的身上，我暗自惊讶。我把轮椅来回移动，如同我们在跳舞。我跟玛丽亚·索尔和克里斯蒂娜也开过类似的玩笑。但我能感觉到，这次不同。周围响起了标准的调侃声，我想已经响了一阵子了。玛丽亚·何塞摘下我的帽子，捋着我的头发，头发都已竖起来了。她吻了我的面颊，轻呼我“中国人”，将我认定为“漂亮的”，而我还在惊诧于夜晚的转变。无所谓了。我看着她的眼睛，继续跳舞。我也对她做了些许评论，关于她的头发、外貌等，并且说了诸如她穿裙子看起来很美，她走路很优雅之类的话。不一会儿，她停下来，推着我的轮椅到处乱转，其他人渐渐消失了。我们按完整的套路，连续喝了两杯龙舌兰酒，配着盐和柠檬。我们笑着，当我把第二杯放下时，我感到耳朵如同被塞住了。我晃了晃脑袋，咬了咬牙，酒如同毒药般地流过我的全身，除了腿部。我看着玛丽亚·何塞，我们互相亲吻。我抚摸着她的身体，她捧着我的脸。不知过了多长时间，我们停下来。玛丽亚·何塞起身，推着我穿过走廊，之后到了她的房间。

我很久没进过这个房间了。但我在大概十年前来过这里，现在跟那时有同样的感觉。照片展示板依然在那里。也许我们真的没变。玛丽亚·何塞锁上了门。她为我摘下帽子，扔到床上，然后坐在我身上。我们开始肆无忌惮地接吻，我感受到她裙子和衣衫下面的皮肤，她也感受到了我的。她断断续续地嘟囔着一直想象着扑到我的轮椅上。我对此丝毫不感到惊讶，我这样子总是吸引着淫荡的女人们。我不说话，等待着。最后，玛丽亚·何塞站了起来，脱掉内裤，又为我除去内裤。我们调整好姿势，美妙极了。难以置信。突然我记起我们曾经接吻过，那是在一年级，一次期末旅行中。我请她做我的女朋友，她拒绝了。真不可思议，我几乎完全忘记了。

过了不知多长时间。我们靠近她的床，尝试着另一种姿势，她躺着。我们调整了一下，又回到之前的姿势。我们的话很少，我觉得有些冷。我双手扶着她的腰，她的身体上下抽动着，扭曲着。她说我可以射在她体内，没关系，她吃了药。这句话让我感到异常兴奋，同时也摧毁了我。阴茎。高潮不温不火，有所抑制的。一切都太快了，没有时间反应。也许她也达到了，我不知道。我们一起喘着气。常规的喘气。突然，我有一种要钻进洞里的感觉，在这里一切都结束了。玛丽亚·何塞转过身来，我们凝视着对方的眼睛。我佯装微笑，我想她注意到了。她起身，进了卫生间。我用自己的内裤擦了擦，听到卫生间的水流声。玛丽亚·何塞手里拿着一块湿毛巾走出来，给我擦了擦。我们一起返回聚会中。

外面，消失的人又出现了。他们用异样的目光看着我。我急需离开，当然，这只是说说而已。我想喝点儿什么，我离开玛丽亚·何塞，将轮椅朝厨房移去。我喝了一杯桌子上的杜松子酒。

哈维尔走来，我们随便聊了起来。之后，巴乌拉过来了，提议我们去迪厅。我几乎从未去过迪厅，没关系，我接受了这个提议。这是我离开这里的门票，玛丽亚·何塞远远地看着我，微笑着。我再次想找个洞钻进去，待到牛会飞之时再出来。正因为如此，我才只喜欢跟妓女在一起，我多次说过，就是这个原因。玛丽亚·何塞知道我要跟他们去迪厅，她走过来问我是否想在这里多待会儿，之后，她可以送我回家。我表示感谢，但拒绝了，调侃声如同幕布还在那里。玛丽亚·何塞弯下腰跟我告别，我吻了她的脖颈："再见，苍蝇。""再见，中国人。"她说道。我跟着五六位同学离开了。我感到一丝轻松。我们轮流乘电梯。至少有六只手帮我上了圣地亚哥的吉普车，这是所有开来的车中最大的了。之后，他们开着玩笑，将我的轮椅放在旅行架上。车里放着音乐，有烟和酒。车外，车流、灯光闪过。

一小时后，我开始打哈欠。我们在城市北部的某个迪厅里，我从未来过这里，我都不知道有这么个迪厅。而其他人似乎对它很熟悉，兴高采烈地进去了，跳着萨尔萨，听着披头士。他们分散在舞池中，又恢复了真正的模样。再不是上学时的样子了，知道自己已非少年了。

我没看任何人，靠近门口，当然，所有的人都在注视着我，那个坐轮椅的、反着戴帽子的人，应该给他让路。我到了寒冷的街道上，仰望天空，盼望能看到突如其来的降雪。天这么冷，看到形状对称的雪花缓缓地落在我身上也是自然的事情。但什么也没有，连星星都看不到。天是阴沉的，在基多不会下雪。

迪厅的一位侍者帮我叫了出租车，之后帮我坐到车后座上。司机下车将后备箱打开。“晚上好。”我打着招呼。“再见。”我对侍者说道。“谢谢。”我对他们两个人说。“请带我去10月12日大街和奥利亚诺街的交汇处。”睡觉之前，我想再看一眼那个纪念碑。我感到一切事物间都蕴含着奇怪的关联，凡事都以特有的方式萌动着。我坐在出租车的后座上，自1994年起，我的双腿就不能动了。我的嗅觉告诉我林肯纪念碑旁有一家热狗摊，我的视觉证实了这一点，寒冷中冒着蒸汽，几个人瑟瑟发抖地排着队。我请求出租车司机为我买一个，我也请他吃一个。几分钟后，我们静静地吃着热狗。他给我买了个全套热狗：加了番茄酱、蛋黄酱、辣椒酱、芥末，还配有洋葱、圆白菜、胡萝卜沙拉、薯条和菠萝酱。同学们的面庞在我脑海中闪过，也许今后十年我都不会再见到他们了，也不会想再见他们。我闭上双眼，试图回忆过去，但没有什么特别的事情闪过。我再次睁开眼睛时，老林肯还在那里，毫不张扬地静静地待着。他的面部打着灯光，到处都不同程度地风化了。我还嚼着热狗，这样特别的营养物质穿过我的喉咙，口感有点奇怪。洋葱的味道太浓了，与面包不搭，并且遮盖了面包的味道。

选自《乌龙球》，2008

豪尔赫·伊斯切多·萨尔瓦多(Jorge Izquierdo Salvador, 1980—),生于伦敦市。短篇小说《林肯纪念堂》(*El monumento a Lincoln*)最早收录在短篇小说集《乌龙球》(*Autogol*)中,该短篇小说集于2008年获厄瓜多尔文化部颁发的奖项,后纳入短篇小说集《一切游戏》(*Todos los juguetes*)中出版。作品也被收录在"国家读书运动"出版的小说集《优雅一跳》(*Tiros de gracias*)中和圣纳泽尔外国作家和翻译主编的《相遇16》杂志中。作品曾发表在电子杂志如《伟大的南方》(*Big Sur*)、《猪兄弟》(*Hermano Cerdo*)和《放手》(*Suelta*)中。2012年,获厄瓜多尔高等教育、科技及改革部的资助,用于攻读西班牙语美洲研究的博士学位。现工作居住于温哥华。

Ⅳ
身体的狂欢节

假如你按我说的做
按我教你的做
前进几步大胆地走
你现在不会在公园里工作
冻得瑟瑟发抖
有钱的妈妈
我们会相守在一起也许也许你远离
圣母玛利亚啊请赐予我们新的道路圣母啊
我们就不会有爱/恨
不会互相鄙视

妈妈

《如果是可以预言的》
费尔南多·涅托·卡特那

坟墓之上的狂欢

埃德温·乌约阿·阿来亚诺

别为她哭泣

她是悍妇

埋葬者,别为她哭泣

伊格纳西奥·比内罗

没人有权利跟我说她是个该死的女人;生活之美于她渐行渐远。我最了解内幕;我在她家旁边长大。她因跟周围的穷鬼玩耍而惨遭棒打！事情很简单:您在家吃饭、拉屎、洗漱、做爱;孩子们在暗中窥视一切,他们堕落了,在最意想不到的时刻交出自己的身体。怎么！女气也是男人们的事情！是的,不知道就免开尊口。当然,她成了妓女,但原因是:人们的风言风语将她推向那里。恐惧让她备受煎熬,她怎么敢结婚呢;她不能欺骗他人,尤其是自己的丈夫;如果她丈夫是个条子,就更不能欺骗了。怎么！先生,你知道什么呢！看,我打烂了他的屁股才知道的,那么,您什么也别说了。这就是让我感到恼火之处,人们总是不知者无畏地乱说。不能再说了;我几乎忘记了他当时说的话;唉！条子发现了她,对她一顿棒打,扬长而去。这样她跟住在另一街角处的出租车司机交往了。他对她相当好！婊子,这就是生活:他是个醉鬼！上午下午都会喝醉,她求他:别这么喝了,你会喝死的,这样开车也不好。他们杀了他。是这样的:一个星期日,他们去诺沃尔餐厅,点了汤和香肠……他碰到几个哥们,就喝了起来。几个在自动唱机跟前吸毒的小混混开始挑逗她,从远处为她举杯,向她抛出飞吻。她也是爱调情之人,所以觉得很有趣。他们回去时,小混混开着绿色的丰田车紧紧尾随着他们,最后就像被困于水泥之中,将他们团团围住,别再跑了！逼他们下了车,由于他喝得神智不清,表现得非常勇敢,他们捅了他一刀,他都没有觉察。对于她,他们直接把她放倒。后来缝了四针呢！当然,是那样！所有人都嘲弄了她！从那以后,她只跟年少的穷孩子交往;她开始喜欢汽车和名牌衣服。我碰到了她:别跟这么多的公子哥同时交往;会惹上麻烦的！我对她说。她说,好吧,不行,就是玩玩儿。我,正如人们说的那样,如同她肚子里的蛔虫,但她做事不过大脑,犯了一个又一个的错误,我,别这样了。但有些事为日后埋下隐患;不是说有人预感不到这些,要发生的事情总能预感到的,事情就这么发生了。开始有些豪车光顾这个社区;她开始对我视而不见,并四处宣扬,这位男士会给她一笔钱等等;是的,他处处带着她,但不会超过四个月。她再次回来修复自己:她回来时脸色发青,脏兮兮的,兜里仅有几毛钱。她曾经怀孕了,但人家让她打掉。知道吗？那人是已婚的,而且还有一位正式的情人。更糟了，她变得更加不知廉耻。大家都说她开始收费了，我开始在原大哥伦比亚地区飞来飞去，有四年没见到她的踪影。这就是生活：我回来的那个星期，几个朋友带我去“巴黎”看名为“布宜诺斯艾利斯之光”的表演，我之前在巴拿马看过类似的演出，因此我说，好吧，去吧。您不会相信的，知道我碰到谁了吗？当然，就是她，现在是台柱，人称“里约之光”，我把她拉到一旁：你变化太大了，我不知道是否因为化妆，这貂皮，太好了。当她脱掉大衣，整个乐队改变了节奏……当然，他们演奏打击乐。这么说吧，一阵鼓声之后，是一支类似伦巴舞的舞曲。她扭着屁股，浑身晃动着；那无以伦比的臀部。您知道她十四岁时，我可知道那屁股……我不多说了。音乐结束了，人们狂叫着：小妞，谁尝过你的味道啊，赏个屁吧！她开始从胸部掏出糖和烟，扔向人们，大家争先恐后地抢；抢到的人闻一闻，像保护圣像似的收好。我想到：这么多年的妓女生活已将她的阴道变成了小丑的口袋；您想想有多少东西进去过。这之后，我们在宝利碰到了，她对我说她现在是艺术家；我看到你了，我说道，我觉得艺术家不应该在人面前脱衣服。总得靠什么活着，她回答说。之后我得知她又在多米诺工作，已为人妻。我对那些告诉我此事的人说我随时想吃掉她；这些蠢货对此不置可否，说小心点儿，她跟吉吉混在一起，那可是个婊子养的东西；我说不怕，我随时可以会会他。但她正处在发情期，不想跟其他人有任何瓜葛。当她得知吉吉跟另一女的鬼混时，在10月9日大街和卢米恰卡街的街角处跟吉吉大吵大闹。吉吉大打出手，她躲进了军事区，吉吉与女友对她破口大骂，骂得如此难听，军人不得不出来帮她;于是后来她跟那个上尉搞到一起。哪个?在得知她又跟了乌乔·诺卡雷斯混在一起时,自杀了的那位,或者不是为此自杀的。您没发觉吗,她犯浑时,也是婊子养的。后来,正因为这个乌乔的毒品事件,她进了监狱。其余的事情您都了解了:她又怀孕了,又做了人流;不幸的人:她得了破伤风,死了。但正如我对您说过的:她的臀部举世无双;她只是没有说……

选自《坟墓之上的狂欢》,1992

埃德温·乌约阿·阿来亚诺(Edwin Ulloa Arellano, 1947—),生于里约潘帕市。大学学习心理学。曾任国家通讯社和杂志《另一个》的编辑,《电报》日报的主编和《快递》日报的编辑,曾在多所大学任教。发表的短篇小说集有:《我曾有墨西哥电影证》(*Yo tenía un vecindario de película mexicana*, 1981)、《坟墓之上的狂欢》(*Sobre una tumba una rumba*, 1992)和《天使的灰尘》(*Polvo de Ángel*, 2010)。合作编写以下文集或在其中发表过作品:《厄瓜多尔新短篇小说家》(*Nuevos cuentistas del Ecuador*, 1975)、《帐篷之下》(*Bajo la carpa*, 1981)、《女性专区》(*Área chica*)、《现实如同梦中》(*Así en la tierra como en los sueños*, 1991)、《巴布罗·帕拉斯奥最初两年选评的厄瓜多尔短篇小说》(*Primera bienal del cuento ecuatoriano Pablo Palacio*)、《厄瓜多尔短篇小说40篇》(*40 Cuentos ecuatorianos*, 1997)和《厄瓜多尔短篇小说文集》(*Antología básica del cuento ecuatoriano*, 1998)。

美丽的米莱娅

拉法埃尔·迪亚斯·伊卡萨

我说道："你不能后退了。"你纠正我，回答说："我们不能。"于是我们一起推动旋转门，它发出吱吱声。我们进到舞厅。你仿佛在说"地狱般的烟尘"，我心中默默地答道："亲爱的米莱娅，只能冲向狂野的舞池了。"突然，我们隐约看到十几个拿着酒杯酒瓶坐在桌旁的人，在彩色灯光的闪烁下若隐若现。一切都充满爱意地紧紧包裹着我们：汗水，音乐，聊天和欢笑的嗡嗡声。

"说到做到。"你说道。你提到我们的约定：交换彼此的不同经历。你曾带我去看一座奇怪庙宇里举行的多米尼加仪式，你常光顾那里，而我带你来这个舞厅，你头一次来这种地方。这是天堂和地狱之间的互换。

当倒酒时，你右手捂住杯口，将杯子撤回去，如同是对邪魔的驱除。"犯下一个大的罪过已足够了。"你自语道。没有必要拒绝：我坚信喝两杯酒没什么大不了的。你靠近这边时，你的椅子在抗议，椅子腿在地板上难以滑动。

一对对的情侣腿缠在一起，眼睛盯着对方拥抱在一起：那是孤独，无尽的分离。我们永远地结合在一起，一起去跳舞。

焰火啊，你怎么能够挺住，你立即就飞向空中？一被点燃，火箭立刻飞向空中。我的双手有点出汗，我感到你如同被肥皂包裹着。每转一圈，绿色、紫色、黄色就从我眼前闪过，舞厅的灯光照耀着你颤抖的双乳。你那舞者的双脚亲吻、踢打着周围的空气，使我围着它们旋转。你跳起，蜷身、转圈儿。你前后扭动着腰肢，它在被束缚的腰带里颤抖。你喘着气，倒下，坠落悬崖，我与你一同下坠，最后抓住你的头发漂浮起来。

为什么乐队为我们这样演奏？而其他人拖着脚步，对节奏无动于衷，如同行走在出殡队伍中。为什么小号的尖锐响声和鼓咚咚的敲击声让我们疯狂地扭动脖子？

但是，终于可以逃离片刻。你观察着，这片如同被疾驶的列车丢弃的手帕。这时，你又变成美丽的米莱娅，次日被人陪伴着前往寺庙的美人。

“进来，请坐吧。”你指了指凳子说道。我回答道：“你好久没这么快乐地走进一个地方了。”这里的一切的确可以俘获人心：信仰，无论怎样的信仰，怎样的忏悔，信仰总让人感动。对于信仰，总有一扇开启的大门。

然而，我终放不下我荒废了几年的写作事业。此刻，我听到多少信徒们真实的故事、动听而真切的话语！多么坚决地指责使天使们流泪的罪恶！

我周围的人都举手要求讲话，牧师同意他们当众忏悔，请求兄弟们的谅解。于是，我听到闻所未闻的罪行，我甚至都不曾想到过这些也是罪行：可怜的动物们的性行为，梦境和对守护天使的遗忘。我发现只有一个无辜的人意识到什么是罪恶:“我是一位麻风病人,我爱上了两个女人,我盲目地周旋在她们的恶习中。仁慈的上帝啊!他使我远离罪恶,纠正我的灵魂,将我变成一个正常的人,继而是一位信徒,他要求我说出他的神迹。”

这不寻常的忏悔后,我的思绪飘向他方。脑子一片空白,我认为我在自己家中,离这里几里地的地方。我打开收音机,脱掉衣服,冲进淋浴的怀抱。天籁般的赞歌将我从孤独中拯救出来。所有参加弥撒之人,都在一位业余钢琴家的伴奏声中,哼着颂歌,与唱诗班的歌声形成强烈对照,显得极其庸俗。我有个愿望:这种瞬间的完美能够永恒,日日夜夜、无论冬夏,直至我死去。

一会儿之后,这些信徒开始用一种莫名的语言嘟嘟囔囔,进入一种危机状态,让人联想到癫痫发作时的情境。他们浑身抖动,后退着,如同触电;他们的肌肉强烈地颤抖。我担心他们会被石头墙撞碎。

而你,是这种奇妙的狂热者,当鼓声响起,人们拍起手,这种浪潮更加狂热之时,你心醉神迷,言语亢奋。这种语言掷地有声,能使荒漠化作灰尘。这种赞歌能使神力降临人间。从天而降的米莱娅,赤身裸体地在我身旁,兴奋着同时又诅咒着,快速地旋转,迷离在精神梦境中。

你倒在我的怀抱,执着地试图拯救我,拯救这个无意被拯救的灵魂。

你向前走了两三步,继续向前穿过舞池的边缘到达神庙,舞池里充斥着香水味、汗味和呻吟声。你的左侧乳房在爵士乐声中飞了起来，之后右侧乳房沉浸在宗教赞歌之中。你在酒吧的桌子之间穿行，之后又在信徒之间玩儿起跳房子。你从灯光下穿行到烟雾缭绕的香炉旁。从“来，黑妞，点上蜡烛”到“为圣父、圣子、圣灵进香”；从亚麻粗布：“拿起你的十字架，跟我来”到丝绸浴袍：“扭动腰肢 / 戴上披肩”；从头脑：“我必然回到我的中心”到肚脐：“哎呀，伊娜妈妈，伊娜妈妈，黑色的都是咖啡吗”；从满是天使的书本：“……因为我的罪过，我不可饶恕的罪过……”到撒拉逊的圣像：“玛利亚·贝伦·圣塔娜 / 玛利亚–玛利亚–玛利亚，玛利亚·贝伦·圣塔娜”。

年老的女人与适龄女子，妓女与纯真之人，自由之身与戴罪之身，你如同钟摆，在真切的巴黎生活和抽象的新德里紫檀木之间摇摆，在为赞歌的掌声中到乐队疯狂的噼啪声中跳动。

你跳到我对面，忧伤的猫在萨克斯声中颤抖，其余的舞者发情般地围成圈。你伸展双臂跑着，旋转着，张开出汗的双手；手指分开，泡沫的垂钓者。

一圈又一圈，你带着幸福的微笑，那是初次窥视亚当之门的微笑。之后，你晃动那呆滞的脸庞，用信徒冰冷的眼神看着一切。我试图叫你的名字，唤醒你；但一切都湮没在巨大的乐器声中：电吉他，小号，萨克斯管，电子乐器，演奏出不知哪个时代的黑暗的喧闹。

选自《年轻的普罗米修斯和其他的鬼脸》，1985

拉法埃尔·迪亚斯·伊卡萨(Rafael Díaz Ycaza, 1925—),生于瓜亚基尔市。发表的诗集有《海中的雕像》(*Estatuas en el mar*, 1945,曾获智利西班牙语文学学院奖)、《航海日志》(*Cuadernos de bitácora*, 1949,乌拉圭世界联合中心奖)、《扔向大海的瓶子》(*Botella al mar*, 1965)、《禁区》(*Zona prohibida*, 1972)、《标记与梦境》(*Señas y contraseñas*, 1978)和《黎明的野兽》(*Bestia pura del alba*, 2007);短篇小说集有《流浪天使》(*Los ángeles errantes*, 1958)、《柔情与暴力》(*Tierna y violentamente*, 1970,何塞·德拉古安德拉国家文学奖)和《年轻的普罗米修斯和其他的鬼脸》(*Prometeo joven y otras morisquetas*,1985,奥莱里奥·埃斯皮诺萨·保利特国家文学奖);长篇小说有《恐怖的面孔》(*Los rostros del miedo*, 1962)和《夜晚的囚犯》(*Los prisioneros de la noche*, 1967,国家新闻记者联合会大奖)。2011年,被国家授予厄瓜多尔最高文学荣誉埃乌赫尼奥·艾斯贝霍国家文学奖。

克里塞尔塔夫人的蛋糕

玛丽亚·费尔南达·安布埃洛

克里塞尔塔夫人做的蛋糕无与伦比。

她有一本相册，里面有世界上最漂亮的蛋糕的图片。蛋糕是过生日最幸福的时刻，不是新衣服，不是包装精美的礼品，也不是美味的食物：挑选蛋糕，并想象着同伴们看到这世界一流蛋糕时的表情就是幸福的时刻。

克里塞尔塔夫人做的蛋糕并非像大多数蛋糕那样是圆形的，而是形状各异的。从米老鼠到玩具小屋、消防车、小熊维尼、乌龟，应有尽有。

克里塞尔塔夫人的蛋糕不像我妈妈做的那样是口香糖般的白色，也不是生日上常见的那种糖色的或者巧克力色的，绝不是。如果是出租车形状的，那么它就是出租车的黄色；如果做成警车，它甚至还闪着红色的警灯；如果是足球的，那就是黑白两色；如果是灰姑娘，那就是灰姑娘应该具有的所有颜色，包括金黄的头发，魔幻鞋子还有咖啡色的小老鼠。

克里塞尔塔夫人的蛋糕令人印象深刻。我哥哥第一次领圣餐时，她为他做了打开的圣经样子的蛋糕，白糖的书页上面用金色的小字写着："有爱有一切，爱可容忍一切，相信一切，期盼一切，并忍耐一切。"人们不停地问我妈妈从哪里买到这样别致的蛋糕，他们为蛋糕拍照，而不是为我哥哥拍。或者说，是为我哥哥拍，但让他拿着蛋糕。我妈妈事后将此事告诉克里塞尔塔夫人。她脸一红，看起来十分幸福。

当社区里某个小朋友的生日临近时，我们的胃便开始激动起来，在每天对妈妈们施压之后，我们就去往克里塞尔塔夫人的小店里。终于盼到这一时刻了，她给我们相册，郑重地说道："慢慢看，选出你喜欢的。"她的双眼露出期盼的神采，等待我们用手指指出"这个"。

我们仔细看着照片。选择也是个恐怖的时刻。兄弟姐妹们会参与进来，插嘴说道："妈妈，下次我生日时，想要这个。""妈妈，下次也给我买个这样的吧。"有时会有争执。有一年，我们意见不一，于是在我的生日上有一个R2D2机器人蛋糕和一个草莓蛋糕。

我妈妈在我们选蛋糕时会跟克里塞尔塔夫人聊天，问问她的身体、女儿的情况、养的那些花草等等，但从不提及她的丈夫。据说，他跟别的女人跑了。也有的说他外出工作了，再也没有回来。或者是进监狱了。也有人说他被痛打一顿，卧床多日，而那女人威胁他报警。他将老婆女儿抛弃，罪有应得。她住的房子我十分熟悉，因为从前温迪·马尔蒂约住在这里，后来因父母离异而搬走了。

尽管是同一所房子，但克里塞尔塔夫人的家与温迪·马尔蒂约的家看起来那么不同。也许因为现在深色、巨大的家具塞在那么小的客厅里，也许因为一直拉着的小窗帘，使得这房子透露出保守、老旧、尘埃的味道。但这些都没什么，打开相册的一刻，一切都充满色彩，迪士尼人物，用绿色糖衣做成的足球场，糖做出的门框，饼干做的球员，里面装满巧克力的百宝箱，各种心形，小熊，婴儿鞋，芭比娃娃，蜘蛛侠等各式各样的，所有我们梦想看到的一切。

克里塞尔塔夫人不指着这个赚钱，她卖得很便宜，因为住在这里的人都没什么钱。她的女儿小克里塞尔塔负责养家，她似乎有谋生的手段。她换过两辆车，总穿新衣服。她从住在她们对面的马尔塔女士那里购买成箱的东西，马尔塔女士是从巴拿马贩来东西卖的，就是这位女士嚼舌说小克里塞尔塔没走正道。她就是这么说的："没走正道。"小克里塞尔塔金黄头发，皮肤很白，总穿着高跟鞋，让她显得特别高挑。很多时候，她凌晨四点回来，在街区响起刹车声、钥匙声和高跟鞋声。这里的女人不会做的事情，小克里塞尔塔都做了。

一天，我们为我的第十一个生日去选蛋糕，妈妈走在前面，一进门，她就让我回家。我还是看到了点儿什么。克里塞尔塔夫人躺在地上，睡袍掀起，露出内裤，好像死了一样。我大叫一声。妈妈气恼地让我立刻回家，不一会儿，我看到马尔塔、迪安娜和阿利西亚女士跑过来，又过一会儿，整个街区的人都出来了。大家叫喊着保安巴哥的名字，让他来帮忙。我们也东张西望，尽管大人们不让我们看。

可能有人通知了小克里塞尔塔，她来到时不是被吓着了，而是十分气恼，这惊着了围着她母亲的那几位女士。她疯狂地大叫着，滚开，你们这些爱管闲事儿的老东西，她好好的，该死的，好好过你们的日子，婊子们，你们这些爱嚼舌根的人，难道你们没有家吗？马尔塔女士在街道上嘟囔着："什么人呢？这个蠢货，竟然骂我们婊子。我们还在帮她妈妈……"

我妈妈首先回家了，她不喜欢这种吵吵闹闹的场面。她曾说："我可不喜欢看热闹。"她手上沾满了血，把我们吓哭了。"克里塞尔塔夫人摔倒了，没什么，她现在没事儿了，就是滑倒了，地板刚擦过。"后来，我听到她跟其他人说，克里塞尔塔夫人满身酒气，摔倒在地，前额磕破了。之后吐了我妈妈一身。其他人说可能是她女儿将她打倒的，她用棍子打她。她们说"棍打"。我妈妈不信，不会的。其他人说，就是这样的，就是这样。两个人都喝酒。她们说酗酒。如果女儿喝得醉醺醺地回来，就打她。如果看到她喝醉了，也打她。如果看到她没醉，也打她。天天如此。

那年我的十一岁生日没有蛋糕。这件事后，我妈妈不愿意再让克里塞尔塔夫人做蛋糕，因此，我们吃着裹白色奶油的难看的面包圈，阿可可牌的口香糖，还有十一根蜡烛。妈妈答应我来年会为我准备一个最与众不同的蛋糕，我于是想象着瘦高的芭比娃娃，金黄的头发，戴着皇冠，穿着粉色的公主裙，银色的花边，所有这一切都是用可口的蛋糕做成的，中间夹着奶油。克里塞尔塔夫人一定会为我做一个世界上最完美的芭比生日蛋糕。我想象着它那么漂亮，摆在桌子中央，我的朋友们羡慕不已，他们如同蟑螂一般，大口地吃着蛋糕。

那年的圣诞节热得出奇，半个街区的人都在街上乘凉，这时听到“砰”的一声枪响，如同雷声。受到惊吓的蝙蝠一下子都飞了起来，狗开始狂吠不止。大家都在克里塞尔塔夫人家附近，但没人敢进去。

几个警察将她抬了出来，她身上盖着白布，血迹在不断扩大，一点点地将白布浸红。“小克里塞尔塔干了什么？”我妈妈哭着问道。“她干了什么疯事儿？”马尔塔女士也哭着问道。大人们用手捂住我们的眼睛，让我们先回家，但没有孩子听从。警车上的警灯不停地转着，一切都是红色的。远处有人放烟花。红色的血迹不断扩大，扩大，扩大，一只手滑到床单外面，就一只手，好像在说再见，人们待在那里。

几天后，女儿离开了社区，从此我们再没见过她。

我之后几年的生日一直吃着很难吃的蛋糕，但这对我已不重要了。

选自《所有玩具》，2011

玛丽亚·费尔南达·安布埃洛(María Fernanda Ampuero, 1976—),生于瓜亚基尔市,她是拉丁美洲非叙事文学新生代作家,其作品曾被翻译成英语、葡萄牙语和意大利语。曾为《国际》(意大利)、《萨穆埃尔》(巴西)、《客迈拉》(西班牙)、《猫豹》(墨西哥)、《搜虎》(哥伦比亚/厄瓜多尔)和《货币世界》(厄瓜多尔)等杂志撰稿。发表过《我在理发店学到的东西》(*Lo que aprendí en la peluquería*, 2011)和《居住证》(*Permiso de residencia*, 2013)。其短篇小说曾被选入一些短篇小说集:《小公共汽车》(*ómnibus*, 2013)、《所有玩具》(*Todos los juguetes*, 2011)、《医院的历史》(*Historias de hospital*, 2011)和《上帝啊》(*Dios mío*, 2011)。2012年,她被选为在西班牙最富影响力的一百位拉丁美洲人。自2005年起,定居西班牙。

图拉的房间

亚娜·阿达蒂·莫拉

周五晚上音乐响起。你开始跳舞，背对着木头桌子，双手在身前舞动着，如同是在推动空气，用手与酒吧保持着距离，充满鼓点节奏的酒吧。森高站在最大的窗户旁，而用作供桌的壁龛就放置在那里，窗户朝向麦德林大街，而他是你唯一面对的人。玻璃后面闪过的红光使你感到更加快乐：你脸上时而掠过广告的灯光，红色的字体，时而又被黑色笼罩，在黑暗中，你又恢复到以前的那两种姿态。一直是那三种姿态交替：站着，膝盖弯着，几乎是蹲着的，随着音乐的每两个音节有节奏地分三步下蹲，音乐的间隙也不停止。(这个街区有水源／滑轨已建成／消防员来了／带来任务，汽笛叫声。)之后，你改变了舞步，不那么沉重了，但更加有节奏了。(啊，妈妈！发生了什么？)

你双眼微闭，随着舞步时张时合，朱唇微启，笑着哼唱着。还没有人站在你对面，陪伴着你的祭祀。有人担心你在这里跳舞，而你的欲望却超越舞蹈，如同黑夜里抽烟一般仅留下味道，烟却不见踪影。他们猜想你不是在跟他们跳舞，这是狩猎的一部分，你在每一个靠近你的身体里寻找那唯一的肌肉，与众不同的，可以构成你想象中的理想舞伴的完美身躯，这是为了能辨认出森高，他能触碰你的右肩，告知你这是你不可拒绝的呼唤，他可以用他的保护色和手链将你带出这一个人的仪式。

森高的女人，仪式上的舞者。在音乐的节奏中，你发出柔和的声音：（图拉！来吧！不！守卫我们吧！）你有力的双腿改变着步伐，表明仪式进入高潮。看你跳舞的人，都不可避免地想着如果图拉葬身于火海，她会将你一起燃烧，为你裹上另一件衣服，尽管围巾装饰着你的脖颈。（啊，妈妈！发生了什么？）

酒吧已人满为患了。尽管人很多，里面的人还是让更多的客人进来，很快，坐在桌旁之人能碰到准备跳舞之人的腿和脚。外面排队等待进来的人越来越多。在更换音乐碟片的间隙，舞动的一二百人中有一半离开舞池寻找座位。（我们在，我们如同热面包一样被卖掉。）你又喝了杯饮料，和朋友们一起笑着，另一支曲子响起来了，半夜一点了。（人们想要的……）

图拉和你绝不是唯一在各自的房间里要燃烧起来的人。吧台在你的左侧，你用眼神追随着一个男人，他在一群外国人中。黄头发，很帅，线条突出的下巴；他的舞姿并不笨拙，不会因此而引人注目，也不十分熟练，不会因此而注意不到你。他看着你，慢慢地吐着烟，烟朝你飞去。你转着圈，当面对他时，你冲他笑笑，你端着杯子朝空中举起，做出碰杯的姿势。他的同伴用胳膊捅了捅他。他略感吃惊，但穿过仍然拥挤不堪的舞池，微笑着走来。已经凌晨两点了，没人想离开，因为当音乐再次响起时，应该就是晚会的高潮了。你低下头，转过身去，似乎在全神贯注地搅动着酒里的冰块。想要全神贯注可没那么容易。

震耳的鼓声再次响起，人们又活跃起来。那个美国佬最后来到你身旁，你笑了笑，装作很吃惊的样子，他想做自我介绍。你又抱歉地笑了笑，因为你没有听到。他装作没注意到的样子，只是一个劲儿地靠近你。他的毛发与你无形的接触也未能破解出夜晚的功能；因此，他不得不用手碰碰你的肩膀。你只能用手比画着，笑笑，让他明白你什么都听不到，你晃动着肩膀，让他也一起跳。两个人这一刻都明白唯一能做的事情，不管是否融洽，就是跳舞。

（*虽然你离我而去……*），歌声响起，因为这首"黑色的眼泪"可以让人随意舞动，适应欢快祭坛上的热烈气氛。

问题是这个美国佬你并不认识。你喜欢他，但不知是出于谨慎还是同行排斥，你的黄金准则从未更改：永远不跟陌生人在一起。只跟熟人，朋友圈里的：朋友的朋友，姐夫的同事，表兄女朋友的哥哥等等。对于已进入这个目录的，可以。那么你的目光就会在跳舞时追随着他：（*她只想要爱，*）你又高兴地跳起舞，那三个姿势交替。美国佬也在其中，没人知道他是谁。他微笑着，并不知道你的原则，他盯着你的胯部，想着那热情洋溢的拉丁风。他利用音乐间隙向你靠近。你知道他来自费城，是企业管理的硕士，主要研究与拉丁美洲有贸易往来公司的管理。他不常来酒吧，但很喜欢酒吧的氛围，他露出迷人的微笑。

（*巴巴鲁，*）一支新舞曲响起了。你快速扭动着屁股，不时与他面对面，你朝他靠近。但乳房和肩膀，在朋友们的哄笑声中，依然朝向她们。

(我不想要黄金,我想要金钱……我只想要仁慈的圣母。)夜晚是歌曲的盛宴,一首接一首……(仁慈的圣母。)

如果说图拉的房间因蜡烛掉到棉麻床垫上而燃烧,那么你闭上双眼感受到的微笑,你自己的笑容都表明这个酒吧也即将被点燃。你脚下的地板如同干柴,你的躯体如同干草,靠近你的那个躯体也是如此,你的舞伴并不优美的双腿伴随着节奏,变形地舞动着。他不知道是否应该吻你,而你只想着朗姆酒的味道。

你和朋友们为买单和请求拿来大衣等了很长时间。准备离开时,那个美国佬向你要电话,你耐心而潦草地为他写下电话。他的车先开出了停车场,你看到车后座上有一把蓝色的大伞。你想他一定担心生活中的意外。这时,你众多表哥中的一位——由于人多,之前没有看到——突然走来,说道:"杰夫,你刚认识了我表妹?"你想到你对美国佬凸起的肌肉很感兴趣。夜晚最后的几位客人点着雪茄,进入酒吧中。音乐声再次响起,你的那首歌再次响起:(图拉的房间/她放下烛台/睡着了,没有/将蜡烛吹灭。/大火,大火!/烛台!)杰夫为你打开车门,他准备跟着你表哥的车,因为他知道哪里可以吃到清晨美味的海鲜。(大火,大火!/烛台!)

选自《移民的故事》,2009

亚娜·阿达蒂·莫拉(Yanna Hadatty Mora, 1969—),生于瓜亚基尔市,作家、文学批评家,自1992年定居墨西哥城,为墨西哥国立自治大学研究员。发表短篇小说集《延迟的家务》(*Quehaceres postergados*, 1998,2005年再版)。其短篇小说发表于《西班牙语美洲》(*Hispamérica*, 2000)杂志和多部短篇小说集:《女人的话语》(*Cuentan las mujeres*),见《厄瓜多尔女性作家选集》(*Antología de narradoras ecuatorianas*, 2001);《无形的写作》(*La escritura invisible*, 2006),见《二十世纪选集:短篇小说》(*Antología del siglo XX: cuento*, 2009)和《移民的故事》(*Cuentos de migrantes*, 2009)。她的作品曾被译为葡萄牙语,收录在玛丽莎·拉霍洛(Marisa Lajolo)主编的小说集《我们和别人,不同文化的历史》(*Nós e os outros, histórias de diferentes culturas*, 2000)中。

小步舞曲[①]

豪尔赫·贝拉斯克·马肯耶

献给丽达·雷耶斯

她离世时，我不在那里。

那个女人见过我的照片，那是一张我赤裸着身体在床边撒尿的照片；她匆忙地将我的尿液擦掉，那是多年前，从我的身体里流出来的尿液，弄脏了粉色塔夫绸床单。现在她跳着舒缓的舞蹈，而我伴随着脑海中的音乐声慢慢醒来，这音乐声如同被判刑之人脑海中的阵阵鼓声。

“喂。”她边说边哼着一支小步舞曲，同时在大腿上打着节拍。

我使劲儿地闭上眼睛，看到眼前闪过的蓝光和红光。

“喂。”她重复着，声音比之前高了些。

我只好听她讲话。清晨的阳光穿透丝质窗帘，将一切变为金黄色。我说丝质的，因为在故事中，一切都是柔美的，从我慢慢喝

① 主要在哥伦比亚和厄瓜多尔等拉美国家流行的舞曲，风格来源于欧洲的华尔兹。

着的饮料到我品尝的如汤药颜色的咖啡。

“昨晚我们在一起时，你显得更年轻。”她停止哼唱，说道。

或者准确地说，她沉默下来，我很难专心听她讲话，因为我分不出哪句是她说的，哪句是歌词。我关上唱机，将本子扔到地上，打开着的本子落地时合上了。我一个人待在房间，钻到床单下面，如同停尸房中的一具尸体。今天是集中训练的日子，年轻人应该正赶去那几个地方，阿利西亚正靠在铁柱子上，眺望远处，寻找着我疯狂的身影；瘦子卢卡斯正谈论着不负责任的话题；高个子贝比塔正唱着一首被遗忘的歌曲：可能是奥林波·卡尔德纳斯的《伤离别》。

我再次捡起本子，随手将它打开，想着那些旧篇章，热带的美妙夜晚，但她再次跳了出来，来跟我谈论我不能认真阅读有关死亡的话题。此刻，伏特加一定对小脑和手产生了致命的影响。

“你在发抖？”她站着，神情严肃地问道，半闭着眼睛。

我愤怒地看着书页上的她，实际上她不老，大概三十六岁，有四个孩子，丈夫是银行职员。是的，在追求性爱时，她一直压抑自己。

“你为什么不喜欢这个音乐？”她突然问道。

我同意她再次打开唱机，将音乐声调高，而我则十分困难地下了床，手里拿着本子在房间里走着，脑子里依然想着那紧张一晚最糟糕的部分，这些还有那个女人变着花样地跟我做爱。我们再次开始了。

“这个音乐让我们可以做回自己，微不足道的小人物。”她说道。

谁告诉你我们微不足道？我想着，将本子放到眼前，读道："他们刚刚醒来，欲望再次燃起，他们说着话，看着对方，辨认着对方，她很苗条，而他可能太过年轻了。"

我读着，想起这个音乐来自我的外公，就是他多年前给我照了在床边撒尿的那张照片。我喃喃地说着，就好像在道歉。我用冷水冲着快要爆炸的脑袋；手里拎着本子，我又回到房间；她脱掉浴袍，擦掉脖子里的汗。

如果我愿意，我可以一下子杀死她，掐死她或者让她死于意外；如患淋病的妓女，自杀的女人。跟她在这里这么烦，我还忍耐着。如果杀死她，那我现在可以喝两杯，把东西收拾好，然后跟阿利西亚聊聊，她会像虎皮膏药似得紧黏着我。

我接着读道："女人光着身子钻到床上，白色的床单上印出她的轮廓，他充满欲望地看着她，他多么希望是在别处，一个遥远的地方，也许在海边，但是那已不可能了。"她也这么做：脱掉衣服，赤脚走到床边，钻到床单下。唱片以每分钟33转的速度转动着，他看着它。书还是打开的，可以看到我可怕的字体和修改的痕迹。

"现在你怕了。"她说道。

我看到她在床单下扭动着，依然哼唱着小步舞曲，她选择难听的歌词唱着，那些声音钻入我耳中。

"你真的喜欢小步舞曲吗？"

我没有回答，我开始谈论爵士乐，谈论小号手迈尔士·戴维斯和钢琴手塞隆尼斯·孟克①，谈论情人节时笨拙的情侣，文学工作室，谈论左翼广泛联盟②；这使她睁大了眼睛，直到我再次读书上的内容："当他一下子将床单扯下时，她没有丝毫要遮住自己身体的举动，她就那么赤裸地躺在床上；当他大叫着让她起来时，她也那么顺从，当他动手打她时，她一声不吭，只是伏在地上哭泣，嘴角流着血。"

她也摔倒在地上，但不一样。"她的哭声令我心痛。"这句话我听起来也像是舞曲中的歌词，她脸颊涨红，头发凌乱。我感到十分不适，房间也失去了温馨的色调，丝绸已不见了；那张照片让我觉得难以忍受，我诅咒着外公，痛恨他隐秘处的相机。

"那没什么，亲爱的。"她在地上擦着脸说道。

当我转过身背对着她时，我看到我面前站着一位头发凌乱的男子，他红着眼，看着我。我动了动右手，那个男子也如此，但在镜子中，他的一切动作都是反向的。我意识到自己酒还未醒。我走到桌子旁边，在书本上愤怒地写道："男人将她扶到床上，让她躺下，他用手擦掉她脸颊上的血迹，他吻着她，疯狂地跟她做爱；她呻吟着，翻转着，扭动着，双腿缠在他身上，咬着他的手腕，喊着他的名字，他们仿佛合二为一了，爱着直到精疲力竭。"

我们一直做爱，直到故事结束，之后，我合上书，离开了。中

---

① 迈尔士·戴维斯（1926—1991）与塞隆尼斯·孟克（1917—1982）是二十世纪美国最重要的爵士乐演奏家。

② 简写为FADI，成立于1978年，参加了次年的厄瓜多尔民主大选，1995年与社会党合并。——作者注

午的阳光刺痛着我的双眼。他们不会相信我的话,我嘟囔着,继续走着;路很长。

选自《拉伊蒙德和创世界》,1979

豪尔赫·贝拉斯克·马肯耶(Jorge Velasco Mackenzie, 1949—),生于瓜亚基尔市,文学专业毕业,曾任大学教师和文化署官员。贝拉斯克是一位多产的作家,发表的长篇小说有《虔诚者的角落》(*El rincón de los justos*, 1983)、《失传歌曲的鼓声》(*Tambores para una canción perdida*, 1986)、《偷礼服的小偷》(*El ladrón de levita*, 1990)、《以幻想之爱的名义》(*En nombre de un amor imaginario*, 1997)、《树荫之河》(*Río de sombras*, 2003)、《溺水者的文身》(*Tatuaje de náufragos*, 2008)、《裂隙中的发现》(*Hallado en la grieta*, 2011)和《寓言者之家》(*La casa de fabulante*, 2013)。此外,他还发表了十部短篇小说集和两部戏剧作品。先后八次获得国家文学奖,曾代表厄瓜多尔参选哥伦布国际长篇小说奖。

亲爱的祖国

米格尔·安东尼奥·查韦斯

仅仅因为是女人生下我们，就某种意义而言，
我们就是被强奸的妇女的孩子，夏娃的孩子。

《孤独的迷宫》
奥克塔维奥·帕斯

该死的印第安人应自宫，别再生下愚蠢的如同……的孩子……

网站评论

（一）

不能凭借兴趣谋生，我不仅没有挫败感，反而因为这是一种见不得光的爱好，我想出了利用上班时间投身于此的方法，这不易被他人察觉，那就是利用无所不能的宽带（而我家里没有）为个人目的上网遨游。很显然，我想成为色情之人；换言之，就是色情

专家。但我指的不是色情明星或自慰者，而是思考这类影片，从而研究其在文化社会中产生的影响。以下是在我跟纳伊夫最初的邮件中，我对他讲："哥们，我昨夜的想法不可思议，你能想象吗？如果向记者透露水门事件的人叫，我不知道，比如宝贝雅或者小铃铛，而不叫深喉[1]，那会怎样？那部影片如此有名，除了琳达·拉芙蕾丝这个特殊的人物外，当然她的快点在喉咙处，还有其他原因吗？"

从一开始，纳伊夫对我的指点就十分精准，如同一位老读者对新手推荐某部作品或知名作家："谁知道呢，厄瓜多尔，谁能知道呢。我给你的家庭作业是：《泰山-X》，英文名是《泰山》或者《简的耻辱》，是乔·达马托导演的。看完你告诉我感受。"纳伊夫总是用我的国籍称呼我，以回应我总使用墨西哥电影（我一定是从你那里的这些电影里学的：卡巴耶·罗哈斯、阿丰索·萨伊斯和小矮人屯屯的B级影片，这些电影在周六晚上十点之后就公开放映了）里的黑话。我模仿这些影片里的黑话讨好他。我们的友谊值得一提，尽管它始于一个偶然的机会。在我多次上网寻觅后，一个周二或周三，我通过墨西哥的一个文学网站偶然发现了他的邮件。他在接受采访时的无意伤害他人的言论很有意思，他在自己文章下面的签名是"纳伊夫·G……作家及专家"，不是语言学、消亡的语言、在马德里康普斯顿大学的英国文学或者那些没用的古典什么的专家。不是的，而是：某某作家和色情界专家。

---

① "深喉"既是向记者披露水门事件之人的代号，也是一部色情影片的名字。

如果不是他这么巧妙但颇有意义的宣言，我就不会想一部值得第一世界拍摄的色情影片的情节，更不会如此有激情地想就以下题目展开论述：比较罗恩·杰里米和康德：射精的批判；我操故我在；尼采对约翰·福尔摩斯鸡奸的影响；1969年5月；关于蝙蝠侠和罗宾从精神恋爱到纯粹性行为的论述……之后我又陆续发给纳伊夫一些其他题目。

由于工作原因，纳伊夫总被派到各地进行新闻报道。有一段时间，他住在纽约，荒谬的是，"9·11"事件之后，这个世界上最国际化的大都市成为对有阿拉伯特征的人最为排斥的地方。纳伊夫有这样的祖先，又从父母那里继承了这样的特征，他的父母是在二十世纪五十年代移民到墨西哥城的，那真是墨西哥电影的黄金时代。

"排外和种族主义无所不在。"我对他说道，并跟他讲了厄瓜多尔人，大都是印第安人移民到西班牙的许多事例。在租房方面，西班牙人给他们定出了越来越多的条条框框，指责他们吵闹，南美人就是如此，而且喜欢多人合租，不事先打招呼就加人租住，比如突然让侄子的姐夫的表弟或者外婆的妹妹住进来等等。（总之，那些有幸来到巴拉哈斯机场而没被当场遣返回去的人，有些往往在最近一班飞往基多的航班上就被遣返回去，如同是退回一箱有问题的香蕉或者患禽流感的鸡。）或者说，他们付两个人的钱，实际住十二个人。

"为什么我们不做出口香蕉的生意，作为业余爱好，出口些非法移民？可以赚钱，兄弟！我们合伙干吧。你在墨西哥做纺织品；我把我的羊带到洪都拉斯或者危地马拉，从那里你把它们一直带到边界，就是该死的美国佬布什建起墙的那个地方。”“还想怎样呢，厄瓜多尔？哎，你看《泰山-X》了吗？洛可·希佛帝的角色设计真是太糟了，不是吗？你相信他是个处男或纯情男子，之前从未与雌性接触过？直到那位狂热的探索者将他那条沉睡的蟒蛇唤醒。什么该死的剧本！”

（二）

很少有人知道，但是“强者”基什博在每场戏之前，都关在化妆间向他的圣母祈祷，虔诚地如同斗牛士上场前做祷告一样。“圣母楚罗娜啊，请像保佑其他孽子一样保佑这个漂泊的孩子，夏娃的儿子。”或者这样说：“楚罗娜，请让我的信仰更加坚定，让我谋生的工具更加强大。”楚罗娜是他们国家对天鹅女神的昵称，她总是在相框中倾听他的祷告，那是金黄色的相框，被静静地、小心翼翼地安置在花丛中，位置很显眼，那些花儿都是助理们摆在“强者”的化妆间的。

他的崇拜者与他一样，是来自厄瓜多尔的移民，现居住在西班牙，不管他们是住在赫罗纳还是巴伦西亚，对他来说都一样。事实上，他只在意那些送来的花束，能看到送花者的姓名和留言，这些留言有时那么私密，都赶得上向神父的秘密忏悔了。有时，他能收到感人至深的信件，比如那位住在穆尔西亚的普通农民写给他的信，他的家乡在安第斯山脉中部的西格西格，那时他甚至从未敢抬头看过教堂里的修女，而在看了他的电影《为梦而爱》和《南美人的神鞭》后，就跟高加索监工头的女儿搞上了，生出几个混血儿来。

他的崇拜者们常常想，既然他有勇气将自己的“扁桃体”“蛋蛋”展示在摄像机前，既然他可以克服非法移民所面对的各种屈辱成为色情明星，使伊比利亚的女神完全臣服于达万第苏约①男性的威严下，他们怎能不崇拜他，他那29.4厘米长的阴茎拥有导致历史性民族仇恨的力量，成为反文化的象征。

由此引起舆论关注，这位天生如此的男人的故事不是先出现在西班牙的情色杂志上，而是在他自己国家的红色杂志上。“来欧洲之前，因为我的幼稚和贫困，我犯过许多错误。尽管如此，我也不应该在半夜将那头牛偷回家；即便是因为饥饿，我也不应该吃那头驴，当然那时我并不知道那是驴肉……至于我的天赋，说真的，我从未想过炫耀，我可以告诉大家的是，我从未注射过什么针剂，也没吃过什么药品，我只是帕恰圣母的宠儿。”

如果说“强者”基什博在专业性方面有什么过人之处，那就是他从第一个镜头直到最后一个镜头一直是勃起的（即便在休息时也是如此）。评论家们崇拜他动物般的激情和不可控制的性欲，他的每部影片都有自己的标记，他似乎想通过这个给那些低估色情影片艺术性的人以沉重一击，他们一般认为色情影片仅仅能展示无情趣的、低廉的性爱，而不能制造爱的氛围和情境。较早的

① 印加人对印加帝国称呼的音译，意为“四方之地”。

此类影片，如《绿门的后面》《深喉》，还有像现在的由马尔科姆·麦克道威尔和彼得·奥图主演的《罗马帝国艳情史》都激励着这位在安第斯山不毛之地当年的放羊娃，投身于路漫漫、但令人兴奋的色情影星之路。

“是的，大家都在谈论传统，这很好。但是，如果你们想知道我为什么穿着斗篷，我现在就告诉大家。不是因为恪守传统，像在巴塞罗那卖艺术品的印第安人那样，而是为了在日常生活中我的生殖器不引起大家的注意。一方面，因为我是个内向的人，另一方面，我学会尊重老人：我不能在我十五六岁的年龄吓到那些生活在比尔卡班巴的老年妇女们，那里可是长寿之乡，是厄瓜多尔最为长寿之地，但可不是房事最频繁的地方，不是的。我如果吓到她们了，那后果可想而知。对于我的行业，我很尊重并恪守职业道德，我不跟年长的女人、死人和学校里的小姑娘发生性行为。这是那些变态之人的所作所为，而我心理健康，神智清醒。”

尽管他扮演着信使、皮匠或者六七十岁的老人，他急切而嘟嘟囔囔的面容还是如同一位堕落的野人，但不应忘记“强者”基什博是性情中人，在繁重而充满快感的工作中，他依然记挂着那些跟他一样的国人，他们都想努力成为被祖国认可的人物。带着这个念头，也许他将一些事物文学化了，于是开始拍摄《亲爱的祖国》。为了拍摄这部影片搭建了一个跟西班牙驻厄瓜多尔总领馆一模一样的摄影棚，“强者”基什博饰演一位来领馆签证的厄瓜多尔人，但签证被拒，于是他找到那位淫荡的女领事，展示出女人难以抗拒的那个物件。但做爱过程被监控探头拍到，这使他们陷入被动，于是两人决定逃跑，在逃离警察抓捕的过程中，他们频频做爱，他们既要逃离罗德里格斯·萨帕特罗[①]，也要逃离乔治·W.布什。

《亲爱的祖国》情节设计得十分紧凑，否则年轻人不会将它放在电脑屏幕上观看。应该考虑周全，甚至都想到"强者"基什博如何射精，最后决定不依靠后期剪辑，而是采用自然的连续至少72小时的拍摄，这就要求演员有足够的储备。"人们认为干这行的人像兔子一样做爱，不是真的。在这方面，我十分佩服洛可·希佛帝，我是在一次颁奖仪式上认识他的：他既不抽烟，也不喝酒，更不说脏话（只在必要时和工作中说脏字）。他好像对我的印象还不错，于是向我坦露了他可以连续拍摄一个月每天都射精五次的秘密：啊，在这样高强度的工作中，只能靠摄入蛋白，亲爱的朋友，切记，我总是每天早晨吃十个鸡蛋清。我记下了，人们总能从生活中学到什么。

（三）

纳伊夫写道："厄瓜多尔，你浏览一下这个网站，那可不是神父和修女在找碴（你看萨拉·杨和塔尼亚·拉里维拉演的《十日谈X》了吗？如果有心情，你可以读一下原著，文艺复兴时薄伽丘写的，它也让你勃起），是一位美国牧师发起的反色情运动，他通过一些性产业从业人员讲述自己不那么光彩的过去，呼吁现在的年

① 罗德里格斯·萨帕特罗（1960— ），西班牙前首相，任期为2004年到2011年。

轻人应保持贞洁直至走进婚姻的殿堂。这种反色情运动有其政治目的,以高尚的道德换取选票:你想想,他们将昔日的色情影后琳达·拉芙蕾丝吸纳为成员,她可是给几代人灵感的人物……!噢,关于你的问题,我对你们国家的了解仅限于阿莱克斯·亚古拿加,那位九十年代在墨西哥的最伟大的外国足球运动员,还有那位男妓巴布罗·巴尔多!如果我是你,就好好利用自己住在已美元化的天堂的时机,我建议你用洛可·希佛帝、罗恩·杰里米和你的同胞罗莱娜·鲍比特来个三人组合……!哎,对了,既然你问到我了,那你帮我解开个疑问:为什么你们足球联赛中几乎所有的球员都是黑人,而移民都是印第安人?他们达成一致了,还是因为别的?"

纳伊夫有幸在SoHo上看了大概在1902年用爱迪生发明的摄影机拍摄的一些短片,这使得他不必去"大苹果"观影。在这些短片中,有主要色情片的展示,出现了波士顿和费城的一些精英拿着他们各自的标志性吉祥物。"在我这周剩下的时间和我的有限生命中,我还有许多影片要看,但是我要去参加一个在巴塞罗那举行的伊比利亚美洲副部长级公共卫生会议。你能相信吗?我还有那么多重要的事情要做!"

然而,多亏这次不合时宜的加泰罗尼亚首府之旅——他得以漫步兰布拉大道,在酒吧喝酒,那里满是参加完伊比萨电子乐器节后顺道过来的悲伤的美国佬,之后,他在苏里南副部长冗长得令人昏昏欲睡的讲话中溜了出来,纳伊夫有幸认识了乔娜·席维斯,已退役的色情明星、如今的制片人和导演,在她点燃第三支烟时，声称她曾跟美国演员约翰·福尔摩斯和智利作家罗贝托·波拉尼奥约会，她与他们既谈色情也谈文学，丝毫没有问题(她没说是否三人同时做爱了)。她也说没有必要掩饰悲哀，因此跟纳伊夫坦言她为一些莫名的事情、失败的计划而苦恼，也许在还不算太晚之前，应该听取他人的意见。"如果不是我，他根本成不了最伟大的色情明星，"乔娜用沙哑而肯定的嗓音说道，"那时他只是圣赫瓦萨日用品市场的水果搬运工，但在镜头面前，他完全变了，他很清楚自己作为演员的职责。他自己取的艺名(我很清楚，他的生殖器如同一条无情的鞭子)，他非常职业地对待女演员，所有人都为他的快速适应而感到诧异，正因为他的这些优良品质，她们才能原谅他身上的味道。你知道吗？他的金牙在荧幕上闪闪发光，如同唱片时代的低俗首饰。他是唯一一位我们打破头想合作的厄瓜多尔人。我不知道你能明白吗？在我们这样一个该死的国家，在这样的环境中，跟非法移民、低贱之人的身体接触就是一种超现实……一开始，我很犹豫，但他的话有道理：'电影本身的卖点就是其虚幻性，电影协会不也是这么说的吗？'我曾经读过这样的消息，墨西哥上流社会的女士做爱时，幻想着她们的情人头戴着如同副司令马科斯①那样的帽子，或者戴着圣徒的面具。你明白我为什么跟你说他是位天才吗？如果他的运气再好些，可能连阿莫多瓦和密谭导演都让他去试镜呢，但是移民局已经注意到

① 墨西哥造反运动萨帕塔民族解放军发言人，国际知名游击队员，也是诗人和作家。

他了。我曾警告过他，别回你的住处了，你可能被抓到。但他说什么神像，什么天鹅圣母，什么必须回去，因为那些都是从厄瓜多尔带来的，被放置在西班牙各个大城市中，以便那里的厄瓜多尔居民可以膜拜她！在你身处险境时，你跟我说这些该死的风俗！我提醒过他，但他没理会。所以我得出的结论是要抓拉美的非法移民，不需要那么精心的设计，只要去他们的球队踢球的地方，或者去他们朝拜圣母的地方即可。第二天，他从机场打来电话，声音时断时续，我的心都碎了：他们打我，他们在打我。不是我在《亲爱的祖国》结尾部分编造的施虐狂那样打人，更狠，狠得多！那可怜的家伙对我说。他们像对待该死的动物那样对我！但我什么也做不了，另外，我也没那么大能耐处理这么严重的事情。他有两个非法身份，而且从1999年开始就在逃避司法处罚。你想想！尽管如此，我还是去了机场，获得探视他的机会（别问我是怎么得到的），就是在那个房间里他们打得他：有一颗沾满血的金牙在房间的一角，是他的，肯定是他的……喂，你不请我喝一杯吗？事情远没结束，还差好多呢，你知道我现在为什么如此伤心吗？”纳伊夫在吧台上留下几个欧元，眼睛始终看着乔娜·席维斯，他对她的讲述听得入迷。连巴拉圭副部长有激情的双语演讲都不能与这位五十多岁女人的故事相媲美，他用瓜拉尼语和西班牙语同时演讲，内容是关于从伊瓜苏大瀑布铺设可饮用水管道的设想，而这位女人让他想到科莱特夫人——丁度·巴拉斯导演的《红辣椒》中那位妓院老鸨。

“我们只拍了几段，”她点燃了另一支烟说道，“是我们想拍摄影片的一部分，但没有时间了。他建议我录制些唱片，他说他有一个表弟唱安第斯山区的民歌,他想拉他一把。这个主意我觉得挺特别的,你知道吗？美国色情影片中惯用的那类音乐太烂了。”

（四）

我还没从影片中回过神来。就算对我这样的色情狂来说,那也可谓一场过于怪诞的盛宴。我连上网络开始观看之时,全世界已经有120万人看过了。这120万人不仅先于我观看了影片,看了这位身高1.65米的印第安人和他那极长的阴茎,还对影片进行了狂轰滥炸般的评论。有些网民,大多是外国人,对色情行业和它的道德底线进行了思考,观点很开放。另一些人,很显然大多数是厄瓜多尔人,毫无同情心地倾泻着他们的残忍:“厄瓜多尔人的耻辱……还没在西班牙待一个月呢,讲话的腔调就跟西班牙人一样！狗娘养的,有本事你应该待在穆尔西亚播种”;“让人恶心的印第安人,自以为了不起,炫耀着你未割包皮的阴茎,太恶心了！可怜的姑娘,一定会被他染上病的”;“天哪,那音乐,什么音乐啊:写这音乐的人就欠用阴茎狠抽”!“500年内我都不会再看一眼这样的片子了”;“一个扭着屁股的印第安人,这算什么,国家地理吗?”就连报纸都开始回应这场争论,很快,人们开始调查,这成了黄色刊物讨论的话题。谁是“强者”基什博？是真的吗？那些原本一直关注最高法院受贿事件的流氓记者将目光转向他:“这不是种族主义的言论,但是为什么那个抽动着屁股、婊子养的印第安人戴着的披风上绣着我们国旗的三种颜色？他以为他是谁?”

“放荡的家伙，不知道西班牙姑娘喜欢动物吗？”

教会、审查署、国家教育协会，乃至印第安人联盟都竞相对此发表评论：前两者，根据他们发言人的表态，认为这是原始价值观丧失的可怕例证，对年轻人造成极坏的影响；后两个机构既鄙视与他们同一种族的这位兄弟的做法，也鄙视那些肤色白皙之人的说法。这些人说，他们觉得耻辱不是因为这位老兄的性行为——这一定是被白人性奴隶设计出来的——而是他是印第安人：“全世界的兄弟们啊，不要认为我们厄瓜多尔人都是这样的，这位狗娘养的不能代表我们！”“婊子养的，应该把你阉割了，免得再生出这么多像你一样的蠢货！”“我想那东西不是他的，可以看出来，是叠加在一起的！”还有类似这样的说法：“哪个该死的把这个上传的，应该被活活烧死！”

也许人们不会知道，“强者”基什博非常职业，对这些批评置若罔闻。（对死亡的威胁也置之不理，有人威胁用传统的方法，将他用荨麻叶抽死。）他一直专注于自己的工作。他利用厄瓜多尔多样性的地貌，计划拍摄一部风景更加优美的色情片，如果有人资助，他也许敢于改编经典名著《养生地》[1]。他的内心在召唤他。

未发表

---

[1] 《养生地》是厄瓜多尔作家豪尔赫·伊卡萨·科罗内尔（1906—1978）在1934年发表的长篇小说，土著文学代表作，作品反映了白人对印第安女人的剥削。养生地指厄瓜多尔庄园主分给土著农民的小块土地。

米格尔·安东尼奥·查韦斯(Miguel Antonio Chávez, 1979—),生于瓜亚基尔市,外交学硕士。他的作品包括《对于新手的恶性循环》(*Círculo vicioso para principiantes*, 2005),戏剧作品《西奈半岛的利普顿石》(*La kriptonita del Sinaí* , 2009年国家戏剧作品奖提名)和秘鲁利马的阿尔塔索出版社出版的长篇小说《海姆立克的计谋》(*La maniobra de Heimlich*,2010)。其多个短篇被收录到以下短篇小说集:利马卡萨多玛塔出版社出版的《移动会议》(*Asamblea portátil*,2009)和由马德里泡沫纸张出版社出版的《22个甲虫:西班牙语甲壳虫短篇小说集》(*22 Escarabajos:antología hispánica del cuento Beatle*, 2009)等。"纸张汽车"文化团体的创始成员。《亲爱的祖国》(*La puta madre patria*)曾进入法国国际电台胡安·鲁尔福文学奖最后一轮角逐。

0°